有匪君子，终不可谖兮

夏忆然 著

北京日报出版社

图书在版编目（CIP）数据

有匪君子，终不可谖兮 / 夏忆然著 . -- 北京： 北京日报出版社, 2018.1
　　ISBN 978-7-5477-2502-3

　　Ⅰ. ①有… Ⅱ. ①夏… Ⅲ. ①长篇小说 - 中国 - 当代 Ⅳ. ① I247.5

中国版本图书馆 CIP 数据核字 (2017) 第 074363 号

有匪君子，终不可谖兮

出版发行：	北京日报出版社
地　　址：	北京市东城区东单三条 8-16 号东方广场东配楼四层
邮　　编：	100005
电　　话：	发行部：（010）65255876
	总编室：（010）65252135
印　　刷：	北京嘉业印刷厂
经　　销：	各地新华书店
版　　次：	2018 年 1 月第 1 版
	2018 年 1 月第 1 次印刷
开　　本：	880 毫米 ×1230 毫米　1/32
印　　张：	8.5
字　　数：	161 千字
印　　数：	1-6000 册
定　　价：	39.80 元

版权所有，侵权必究，未经许可，不得转载

序 × PREFACE

爱情就像一本书。

你打开扉页的时候，大致能知道故事的基调，但永远不知道故事的结局。

写这本书的初衷，其实是因为一年多以前看到了豆瓣一个比较火的帖子，当时看那个故事的时候，是真的瞬间被吸引到，由于对这个故事的喜爱，我跟姑娘要了授权，然后打算把它写成一本书。这个故事的开头是以帖子里那个女孩的故事为原型的，所以这本书的前半段并不是虚构，都是真实的事情，本来想着把故事记录下来变成一本书送给她留作美好的纪念，只是写到一半的时候，现实故事戛然而止，女主角宣布已与男主角和平分手，所以其间有很长一段时间我停了笔，不知道故事之后的走向，也不知道这本原计划甜美结局的书要不要继续写下去。

沉静了一段时间，加上得到了女主角原型的同意，我决定改变故事的结局。

似乎也让这个故事变成了另一种完美。

其实对于爱情的态度，无非分两种，一种是结局导向型，即意只要最后在一起，则那个人一定是对的；另一种是过程主导型，也就是所谓的"不求天长地久，但求曾经拥有"，只要过程够美好，结果的残缺并不影响之前经历留下的回忆。

无论是哪种，至少不可否认，在相爱的那个当下，都曾想过要与对方白首。

有些人觉得付出的感情是收获，有些人觉得付出的感情是损失，有人后悔，有人无悔。

我遇到过很多姑娘，总是轻巧地说着自己从未为爱付出过，自己今后也不会在爱情里死得太惨，我总是笑笑，并不是嘲笑或是抱着看好戏的态度，我只是觉得她们并没有遇到那个值得自己付出的人，一旦她们遇见了，是无法说出这样的话的。

在感情里的付出，本就是一种收获。

最近有一部叫作《大鱼海棠》的电影正在上映，看过这部电影的人似乎分成两派，一派认为女主角为了拯救她爱的人不惜牺牲全世界简直是个"碧池"，另一派则觉得女主角为了真爱付出一切的勇敢叫人钦佩。

我并不否认任何观点，毕竟每个人的价值观都不同。对于电影里的女主角来说，她的生命就是另一个人拯救的，就算赴汤蹈火甚至折自己一半的寿命，也在所不惜。

我很能体会这种感觉，虽说自己并不一定能做到那么无私付出，但我始终相信这并不是电影中才会出现的感情。

如果付出的时候就一味地想着要回报，那你从一开始就别付出了，那并不是真情的定义。

如果在你明知道得不到任何回报，或是即使得不到任何回报的情况下你还愿意付出自己的一切的时候，那时候你才能感受到爱这个词的真实意思。

　　这本书的故事结合了异地恋与初恋两种感情，好像这两种感情在人们的心里始终是一种很特殊的存在。

　　我曾经听过这样一句话来形容异地恋：过程很辛苦，结局很幸福。

　　一直觉得连距离和时间都能超越的感情，应该没什么超越不了的了。

　　很多真心相爱的人，因为时差与距离的无奈，感情无法做到从一而终与历久弥坚，又或是即使两个人勉强维系着感情，再一次见面也未必会有之前的火花。

　　这样的爱情便会显得很可惜，而换一种思维，连这样的磨炼都无法经受住的，那也未必称得上是真爱。

　　爱情本就很脆弱，在现实面前显得不堪一击。爱情也可以很坚强，冲破世俗的观念让人愿意为之赴汤蹈火。

　　少女心是什么？是一种让人出现对爱情的向往，对另一半的期待与对生活持有乐观态度的魔力。

　　当我第一次看到这个故事的时候，我心中就燃起了久违的少女心，希望你也能体会到。

有匪君子　终不可谖兮

CONTENTS

目录

Episode ● 大神邻居 / 001

Episode ● 明天再见 / 027

Episode ● 慢慢靠近 / 059

Episode ● 我喜欢的 / 081

Episode ● 若即若离 / 109

Episode ● 逃离回国 / 129

Episode ●	被迫同居	/ 139
Episode ●	心照不宣	/ 155
Episode ●	竹马的她	/ 177
Episode ●	舍你不得	/ 199
Episode ●	最美别离	/ 223
Episode ●	有匪君子	/ 245

有匪君子／终不可谖兮

Episode 01

大神
邻居

决定出国留学是陆诗诗的一己之念。

陆妈虽然不舍得，但也实在拗不过她的倔强，高中毕业就把她一个人扔出了国。

在高中的时候，陆诗诗是学霸级的人物，天资聪慧加上考试前熬了好几个通宵遂顺理成章地考到了C国，进入当年该国排名第一的大学进修本科。

按道理大一新生该是住学校宿舍的，不过陆诗诗一直很想拥有一个属于自己的小天地，便毅然决然地在学校外头一个人租房子住。但由于预算有限，学校又在城中心那种附近根本租不起房的地段，所以她选了个距离学校较远但去学校交通还算方便的小户型公寓式楼房。公寓一共七层，一楼有大堂，顶楼有健身房、露天泳池、专供搞派对用的娱乐室、桑拿房……总之，可谓应有尽有。一开始租房子的时候陆诗诗也是一眼就相中了这个公寓，觉得这样的公寓里面住的应该都是些有品位且好相处的人。

经历了十几个小时的飞行，下了飞机，陆诗诗带着三箱体积庞大的行李搭上出租车直奔公寓，原本和中介约好在公寓门口拿钥匙，谁知到了那里发现半个人影都没有。出租车司机帮陆诗诗把行李搬到马路边，她本想给些小费让师傅帮忙把行李拿到公寓里，但司机似乎是预感到了她求助的眼神，不给她任何说话的机会就扬长而去。

陆诗诗有些不悦，第一反应是这里的人似乎也没有想象中那么好相处。

她一个人傻傻地站在马路中间守着一堆箱子等中介，对方却迟迟不来，本来还没倒过来的时差加上疲惫和不安感袭来，陆诗诗觉得有些绝望，她不停地打电话、发短信给中介，可就是得不到半点回应。

过了很久，她看到公寓里有个亚洲人推门而出，身材高挑修长，黑短发，可能是身在异乡看到和自己同样画风的人就会有莫名的亲切感，根本还来不及看清长相，陆诗诗就朝他用自认为很流利的美式英语说道："你好啊，我是这儿的新住户！不好意思！能帮我把行李箱搬进去吗？万分感谢啊！"

那个男子慢悠悠下了楼梯，缓缓向陆诗诗走过去，只字未言，只稍微瞟了她一眼，利索地一手拎起一个行李箱往公寓方向走。到了门口，他停下来，拿门卡刷了下显示器，推门而入，一声不响地将陆诗诗的行李箱一个个放在大堂沙发边上。

陆诗诗悄悄地打量了他一下，他耳朵里塞着耳机，留着比寸头长一点的头发，眉眼清清冷冷的，看上去很寡淡的样子，却给人很舒服的感觉。陆诗诗的第一反应就是这是中国人，于是用中文问道："你是中国人吗？"

对方看着她，只点了点头。

陆诗诗突然感觉心头一块石头落地，心想还是祖国同胞靠得住，毕竟初来乍到人生地不熟的，遇到个看上去人还不错的老乡突然感觉轻松不少。

何况他虽然不是那种张扬外现的长相，但内敛平淡也是极好的，陆诗诗发现他是那种细看特别清秀的脸，穿着打扮也干干净净，感觉是个对生活质量很有要求的人。就是不说话加上脸上没有表情，让陆诗诗怀疑他是不是哑巴面瘫。

行李都搬好后，男子终于开了金口，问道："还有什么要帮忙的吗？"

陆诗诗摇摇头："没有了，谢谢。"

男子淡淡地点了点头，说了声"再见"便推门而出。

又等了将近半小时，中介终于出现了，道了歉说有事耽搁，随后帮陆诗诗把行李搬进屋子。一番整理打扫后，陆诗诗打算出门逛逛，熟悉下周边环境并买些家居用品清洁下新屋，但万万没想到打开大门赫然看到下午那个帮忙拿行李的高冷男侧身站在她面前，陆诗诗愣了几秒才反应过来，那个男子微微侧着脸，面无表情地说："原来新邻居就是你啊。"

由于陆诗诗的身高只有一米五四，而对面那个男子一米八多的样子，所以对于陆诗诗而言，男子的眼神中总带着点居高临下的意思。

陆诗诗尴尬地笑了笑，说："好巧啊。"然后简单地做了个自我介绍。

男子似乎惜字如金，只是简单地说了自己的名字——纪谖。

陆诗诗觉得这个名字听上去有些矫情，微微皱了下眉："谖是哪个谖？"

对面的男子有些不耐烦地回道："《诗经》里'有匪君子，终不可谖兮'的谖。"

陆诗诗还是一脸茫然。

男子拿出手机，把这个字打出来给她看，她才恍然大悟地点点头："哦，是这个谖啊，我当是宣传的宣呢。"

男子还是没有回话。

"很少看到有人取这个字当名字，这个字是什么意思？"

"忘记。"

他似乎是那种不愿多搭理别人的性格，能用两个字说完的一定不用三个字描述。

陆诗诗余光看到他手上拿着一大袋菜，还暗自思忖着这个男人应该是独居，否则不可能一个大男人跑出去买菜。

想着自己初来乍到人生地不熟的，趁此机会便跟他请教附近哪里买菜方便且便宜，纪谖倒是颇有耐心地一一作了答复，脸上虽然没有露出不耐烦，但他下意识地看了看时间，陆诗诗觉得可能自己耽误他太多时间了，便礼貌性地和他致谢道别。

记得纪谖似乎是"嗯"了一声，然后嘴角微微一牵。

陆诗诗把附近逛了逛，发现还算便利，一公里内就有个超市，离电车站也很近，学校在城里，陆诗诗住的地方离学校虽然有近乎一小时的车程，但还算方便，坐一辆车就直接到了。那时候也是经过各方面考虑选了很久才确定现在的房子，虽然房租贵得肉疼，但陆诗诗冥冥之中始终坚信这个决定是正确的。

她回家收拾了一下，第二天一早去学校报到办理手续领取学生证，还参加了一些迎新活动。消耗了大半天的时间把事情都办完后，陆诗诗在城里逛了逛，双手提着大袋小袋的生活必需品回到公寓，恰巧穿着运动装风尘仆仆回来的纪谖，陆诗诗和他友好地打了个照面，而纪谖回应她的依然是一脸寡淡。

　　差不多把一些基本的事情都打理好之后，陆诗诗渐渐地也开始习惯了这里的新生活。

　　陆诗诗就读的是当地排名第一的综合性大学，所以学业也是忙到一下子无法适应。虽然英语一直学得不错，但跟当地学生相比还是多少有些差距，陆诗诗觉得要跟上他们的进度需要花比别人更多的精力。所以她每天都要看书到半夜，但坚持每周去健身房三到五次，也似乎只有在那时候才会偶尔地碰到纪谖，每次见面也只是简单地打个招呼而已。本以为会有很多需要麻烦他的事，但陆诗诗的适应能力比自己想象的要强得多，似乎在几天的时间内便学会了自理并且过得如鱼得水了。

　　暑威尽退，正是秋高气爽的好时节。某天下课后，陆诗诗和大学新结交的十来个朋友相约去KTV。在前往目的地的路上，几个人正相谈甚欢，陆诗诗四下观望着熙熙攘攘的街道，看到迎面走来一个小群体。她一眼就看到了对面正中间纪谖的身影，彼时纪谖也侧过头看向陆诗诗那边。两人视线相交，正犹豫着要不要打招呼，陆诗诗很不凑巧地一个趔趄，猛地摔倒在地上，膝盖上也瞬时蹭破了皮，流了不少血。

在这狼狈不堪的时候，陆诗诗做了一件她自己都觉得无法解释的事——她居然第一时间往纪谡所在的地方看去，然而并没有看到幻想中对方紧张地跑过来把自己抱起来的狗血剧情，看到的却是纪谡居然指着自己疯狂大笑的场景。

这个平日里始终以面瘫形象示人的人，此时居然笑得如此猖狂，就连相隔甚远的陆诗诗也能清晰地听到他刺耳的笑声。

陆诗诗本来觉得有些尴尬，被纪谡这番嘲笑后更是觉得丢脸，被朋友搀扶起来后一瘸一拐地跟着大部队继续走。伤口处有些麻麻的刺痛感，倒是不碍事，朋友们也似乎并没有发现什么异常，只是觉得刚才有个男生笑得太招摇了有些没礼貌而已，陆诗诗只能安慰自己这就当是机智地避开了"要不要打招呼"这个让人困扰的问题好了。

来到KTV，稍微喝了点酒唱了几首歌大家便都放开了。其实在国外，KTV并不是一个很大众化的娱乐场所，倒是很多亚洲人喜欢去的地方，所以进去的时候看到形形色色的黄种人面孔，这里也是亚洲留学生特别容易交友的地方。

很多人也是出国后第一次来到KTV，所以都玩得比较尽兴，每个人都化身成了麦霸，陆诗诗自诩唱歌还算不错，但全程只有一次点歌的机会，也不知道当时哪根筋不对，点了首《女人花》这么沉闷的歌，更不知道怎么唱着唱着突然想起自己的腿上还血迹斑斑没有清理，于是放着剩下的半首歌不唱打了声招呼跑去了洗手间。

一边嘶嘶地叫着疼，一边忍着把伤口清理干净。

擦干净后陆诗诗扶着墙，一路慢慢地往回走着，突然卫衣的帽子被人从后面一扯，脖子硬生生地被卡住。陆诗诗整个人无法前进，觉得脖子被勒得难受，没好气地回过头，刚想开口骂，却看到了纪谖那张冷漠的脸，正居高临下地俯视着她。

陆诗诗也是那种脱线的性格，看到纪谖后立马表情一变，露出小羊般的笑容："啊，好巧啊，在这儿都能遇到。"

纪谖突然松开抓着她帽子的手，语气淡淡地说："你刚才看起来好蠢。"

陆诗诗一时语塞，觉得有些生气，和这个人明明没有很熟，却被他这样肆无忌惮地嘲笑，多少有些不愉快。

还没找到机会反击，纪谖又问道："伤口怎么样？处理了吗？"

也不知道是不是错觉，她从他的眼神中看出了些许怜惜来。

可能因为对方的态度大转变，让陆诗诗一下子消去了刚才的不爽情绪，连忙道："没有，不过不碍事。"

本以为他只是顺口关心一下，陆诗诗敷衍了两句就准备走的时候，纪谖突然开口说："你等我一下，我去去就回。"

陆诗诗有些茫然，但却乖乖照着他说的做了。

一分钟后，纪谖手里拿了个小医药包过来丢给陆诗诗，然后话也不说就走了。

似乎感觉有些受宠若惊，陆诗诗接过医药包后朝着他往回走的背影喊了声"谢谢"。

也不知道为什么，此后陆诗诗整个人都有些心不在焉的，唱完歌回到家的时候已经将近十一点了，走到家门前准备开门的时候突然想起了纪谖的医药包还在自己那里，她正犹豫着要不要敲门去还，纪谖家的门突然打开，吓得陆诗诗往后退了一大步。

然而出现在陆诗诗面前的人并不是纪谖，而是一个身材高挑的气质美女。

陆诗诗有些不知所措，结巴地说道："你好，我是这家主人的隔壁邻居，先前借用了他的医药包，这会儿是来还的。"

美女的声音极其温柔，微笑道："纪谖现在正在洗澡，你给我就好了，谢谢。"

陆诗诗照着她说的，把医药包交给了她之后就回家了。

后来陆诗诗觉得，那个女生很有可能就是纪谖的女朋友，这么晚出现在他家，而且一副熟门熟路的样子，不是很亲近的人一定不会做得那么自然。

陆诗诗觉得那个美女和纪谖倒是挺般配的，两个人站在一起应该也是一道亮丽的风景线。只是不知道那个女生大半夜为什么会突然开门，想着想着自己的好奇心就被提了起来，陆诗诗悄悄地从猫眼往外望去，看了好久发现隔壁都没有什么动静，那个美女似乎并没有再从屋子里出来。

陆诗诗也没有太在意，直接回屋睡了。

也不知道是不是因为那次受过照顾，陆诗诗总觉得之后两人的关系升温了不少，见面也不仅仅是打照面而已了，偶尔也会聊聊天，对彼此稍微有了进一步的了解，虽然纪谖还是秉持着他一贯的高冷毒舌面瘫脸。

其实陆诗诗还是对和纪谖这种和谐共处互相照应的生活很满足的，毕竟她茕茕孑立于这座城市，有这样一个邻居，让她觉得万一有急事也好有个照应，心里多少有几分安全感。

刚来的这段时间，可能因为每天都过得太充实，所以并没有太多的时间去寂寞，而终于在所有事都进入正轨的时候，陆诗诗才想起自己已经好几个月没有见到男朋友徐凯了。

到这里来之后每天也就和徐凯微信联系几句话而已，两人交往两年多了，之前读的同一所高中，徐凯是比陆诗诗大一届的学长，高考的时候考到了清华大学，所以从那时候开始两个人其实就一直是异地恋。但这并不影响两人的感情，反而让他们更加珍惜每次在一起的机会。徐凯对陆诗诗特别照顾疼爱，虽然长了一张人见人爱帅气的脸，但出奇地低调专一，似乎所有暗恋徐凯的女生都知道他有一个深爱的女朋友。那时候陆诗诗也是众人羡慕的对象，两个人一直以模范恋人的形象示人，所以陆诗诗一直坚信时差和距离都不是问题，她和徐凯最后一定会在一起。

陆诗诗觉得，在自己最好的年华遇到这样一个人，真的有一种无法形容的幸福感觉。

然而再怎么思念,两人也只能通过视频来一解相思之苦。

由于和国内的时间相差十个小时,所以平日不是陆诗诗要上课就是徐凯要上课,两个人只有周末的时候可以稍微视频久一些。

陆诗诗那层公寓有个公用的WI-FI,越接近门口信号越强,所以陆诗诗每次要视频就会搬个小板凳坐在家门前,差不多贴着门的位置。

虽然隔着电脑屏幕,但两人没有任何疏远,陆诗诗常常和他聊得兴起就大声笑出来,而陆诗诗笑到忘我时声音简直可以用"癫狂"来形容,有一次和徐凯聊到兴起,大声笑的时候耳尖地听到门外传来掏钥匙的声音,心想应该是纪谖回来了,所以下意识收了声,并且希望刚才她那放肆的笑声没有被对方听到。

直到听到隔壁再次关门后几分钟,陆诗诗才敢再开口。

连掏钥匙这种很轻微的声音都听得这么清楚,陆诗诗想着这里隔音效果似乎不怎么样,于是就又把电脑搬回了自己屋里。

其实也说不上为什么,但她总是很在意自己在纪谖面前的形象,可能因为纪谖一直给人的印象都是那种很挑剔很完美主义的人,所以总是会担心他讨厌那种特别随便的人,因此陆诗诗在纪谖面前总会尽可能地把自己好的一面表现出来。

或许因为担心纪谖听到自己的笑声会对平时那个"温文尔雅"的自己产生新的认识,所以陆诗诗准备这几天故意避开纪谖,希望过一段时间他就不记得这事儿了。然而事与愿违,第二天一早,陆诗诗出门扔垃圾的时候就遇到了纪谖。他手里也提着一袋垃圾,全副武装地戴着口罩和手套。看到陆诗诗出来,纪谖用清冷的目光盯了她一会儿,然后直接把垃圾袋塞给陆诗诗让她帮忙一起扔,接着完全不给她说话的机会就甩头离开。

当时陆诗诗看到他简直有想拍死他的冲动,觉得他的目中无人有些过分。带着怒意把垃圾扔完后回到家门口,纪谖跟掐准时间似的推门而出,对她勾了勾手说:"过来,伸手。"

陆诗诗一脸茫然,以为他要给自己小费,照着他的话伸出了手,却没想到他放了三颗糖果在她手里,冷冷地说:"赏你的。"

言毕又推门回屋,留下陆诗诗一个人在原地不知所措。

总觉得给糖果这种事是表扬幼儿园小朋友的桥段了,没想过已经读大学的自己竟然会被人赏糖,陆诗诗不知道该高兴还是该忧伤。

陆诗诗长了一张娃娃脸,身材矮小,D罩杯,所以平时经常被人用童颜巨乳来形容,看上去也会比同龄人显得年轻一些,可能因为如此,纪谖一直还把她当个孩子来看待。

拿着糖果,陆诗诗悻悻地回到屋子里,正巧朋友打电话给她,问她晚上学校官方组织的夜店聚会去不去。其实学校一直在组织这样的活动,比起KTV国外的学生更加喜欢晚上泡酒吧。由于是学校官方组织的,参加的都是自己学校的学生,所以并不会混乱不安全,只是一个认识新朋友的方式而已。陆诗诗一向不太适应这种很吵闹的环境，拒绝了好几次，但朋友还是会一有活动就叫她一起去，让她都不好意思再拒绝，于是便答应了下来。

晚上陆诗诗也没有怎么特别打扮，就穿着很普通的衣服去了，在一群穿得火辣的外国妹子中间，陆诗诗倒是显得尤其突兀。

不会跳舞的人，只能在一边玩骰子。

那天陆诗诗运气特别差，一直输，每次一输就得喝酒，她知道自己酒量不好，又不想扫大家的兴，所以只得硬着头皮喝下去。喝到头晕眼花的时候，她知道自己已经不行了，和朋友们打个招呼就准备回去。有男生主动请缨要送陆诗诗回去，但她实在不想麻烦人家，便回绝了。然而实在太晚，女孩子一个人总让人担心，还是有两个一起出去玩过几次但并不是很熟的男生一定要陪陆诗诗回去。

由于头实在是晕得不行，陆诗诗也怕自己不能安全到家，所以半推半就地就答应了。

这两个男生平时都很正人君子，但现在可能因为也喝得有些多，对陆诗诗就有些勾肩搭背拉拉扯扯的动作。即便是在不清醒的情况下，陆诗诗还是很抗拒这样的动作，故意和他们保持一定距离。

天色已晚，马路上没有出租车，陆诗诗只得打电话叫，但拿出手机一看，发现手机竟然一点电都没有了，欲哭无泪，想让身边的男同学打电话，但又怕对方继续拉扯不清。

正不知道如何是好,她瞥见路边有三三两两的人准备上车,定睛一看,其中一个穿着一身黑、身材修长的男士,分明就是她那高冷的邻居纪谖啊!

陆诗诗当时看到纪谖高大的身影,简直像看见救世主一样,突然觉得他全身上下都笼罩着神圣的光环。

陆诗诗想都没想,立刻摆脱掉那两个男同学,跌跌撞撞地小跑到纪谖身后,也不知道是不是喝了酒的缘故,整个人变得特别不矜持,竟然一把抓住纪谖的手臂,全然不顾在场所有人不明所以的目光,仰起头一脸迫切地问:"你你你你你现在回家吗?!可以一起吗?!"

陆诗诗看着纪谖的眼神简直如饥似渴,眼里写满了"求救"二字,一心希望对方可以拯救自己,然而纪谖只是皱了皱眉头,瞥了瞥不远处的那两个男同学,然后淡淡地盯着陆诗诗不发话。

根本没有意识到自己拉拉扯扯的行为有何不妥,见到他没反应,陆诗诗反而加重了手上的力道。

过了半晌,纪谖微眯双眼,俯身凑近她,然后一脸嫌弃地说:"跌进酒坛子里了?一身酒气想熏死谁啊?"

陆诗诗呵呵地傻笑,有些不好意思地松开了手。

这时纪谖和他的几个朋友打了声招呼,然后回头对她干脆利落地说:"算了,上车。"

陆诗诗喜出望外,习惯性地就要拉开后座的门把手,却被纪谖拦住,他对坐在副驾驶的人说:"你来后座,副驾驶让她坐。"

副驾驶的男生半开玩笑地拒绝,表示自己一直都是坐在前面的。

纪谖不耐烦地回了句:"少废话,赶紧挪。"

陆诗诗觉得,这个男人真的很讲究细节,每件事情都考虑周到,倒是突然对他增加了一些微妙的好感。

陆诗诗和那两个男生打了声招呼后立马坐上车,回头和后座的两男一女说:"啊,我是纪谖的邻居,叫陆诗诗,因为手机没电了打不了电话所以不得已来蹭你们的车了,实在不好意思啊。"

想着自己这么鲁莽而无理的举动一定会引起他们的猜忌和好奇,所以陆诗诗就先把前因后果都解释清楚,免得他们误会自己也误会纪谖。

那个之前坐副驾驶的男子笑着说:"我之前还好奇纪谖这小子的新邻居是谁呢,原来是个这么萌的小妹妹啊。"

说完这句,他拍了拍纪谖的肩,递了个意味深长的眼神和坏笑。

这时后座另一个男子附和道:"兄弟你那女友知道不?这样还放心啊?"

陆诗诗听到他们这么一说,想着自己也是有男朋友的人,而且自己和纪谖真的没什么越线的关系,如果这样被误会而导致两人之后处境尴尬的话就不好了,正犹豫着不知道该怎么反驳,坐着的纪谖突然回头瞥了他们一眼,冷冷道:"你们俩再拿我开玩笑就滚下车。"

可能是口气太过严厉,让两个人一下子就闭了口。

陆诗诗也终于安下心来，这时纪谖扫了她一眼，淡淡地说："安全带。"

陆诗诗"哦"了两声，赶紧扣上安全带，一路上后座的两个朋友都在找陆诗诗搭话聊天，这才知道原来纪谖和他们俩都是和陆诗诗同一所大学医学院的研究生，学的是大学里最好的专业之一，作为一个本科新生，陆诗诗突然感受到自己的渺小。

纪谖先后把后座的几个朋友送回家后，载着陆诗诗回到自己公寓，到了地下停车场两人各自下车，但纪谖没有马上回家，而是在后备厢不知道捣鼓些什么。

陆诗诗纳闷道："不一起上去吗？"

纪谖递了个鄙视的眼神说："满车都是你身上的酒臭味，你想我被恶心死？都忍了一路了。"

听到他这么说，陆诗诗当时的心里各种咆哮各种抓耳挠腮，但表面上也只能继续不好意思地傻笑着说："对不起啦，不过其实我平时不喝酒的，你不要误会，喝酒伤肝伤胃伤脾脏，视力也会下降，体质还会变差，还容易引起高血压、心血管疾病甚至中风，而且……"

话还没说完，纪谖挑了挑眉，瞪了她一眼道："哪来这么多话，快滚上楼。"

陆诗诗"哦"了一声，识趣地准备走，刚转身，纪谖突然又说道："晚上别和男朋友视频聊太晚，吵死了。"

听到这番话，陆诗诗突然整个人被一种扑面而来的羞耻感笼罩，捂着脸头也不回地就奔回房间。

由于喝醉酒实在太难受，所以没力气洗澡，陆诗诗倒头就睡。

第二天是周末，陆诗诗下楼买了一袋水果叩响纪谖的门，但过了很久都没有人回应，正在她准备放弃要回屋的时候，门突然打开了，纪谖穿着特别居家的衣服，睡眼惺忪地皱着眉头，声音慵懒地问："什么事？"

陆诗诗把水果递给他："那个，昨天，谢谢你，真的太不好意思了。"

纪谖低头看了她一眼，接过水果，打了个哈欠："哦，那没事我关门了。"

不等陆诗诗反应，纪谖就"啪"的一声把门关得死死的。

陆诗诗想起他那副欠揍的嘴脸就觉得有些生气，但无奈自己昨天实在失礼在先，也怪不得别人一脸嫌恶。

也不知道是不是错觉，总觉得那之后和纪谖的见面变少了，不知道对方是不是故意躲着自己，还是他有事最近不怎么回家，差不多一个月都没见到他。正怀疑着他是不是还住在这里，就在某天下课回家的时候，她看到上次开他家门的那个高挑美女哭着跑出来。

美女出来的时候正好看到陆诗诗，陆诗诗和她微笑着打了个招呼，美女的脸色有些难看，但还是勉强点了点头，脸上可以看出明显的泪痕。

待美女走远，陆诗诗的视线不由自主地移向纪谖的房门，其实心里有些好奇，但说穿了陆诗诗对纪谖的私生活并没有太多的兴趣，只是一直抱着要和他做一对可以互相照应的好邻居的心态而已,所以除了确定纪谖暂时还住在这里以外并没有其他的想法。

天气有些转冷,晚上陆诗诗去公寓顶楼的健身房健完身突然心血来潮穿上泳衣去蒸桑拿。进去的时候只有陆诗诗一个人,她坐在最上层闭目养神,一边打坐一边享受出汗排毒的过程。过了十分钟左右突然有人拉门进来,陆诗诗微微睁眼一看,只见只穿一条裤子裸着上半身的纪谖出现在面前,而对方也明显露出了惊讶的表情,说:"难得在这儿能撞见你啊。"

陆诗诗笑了笑说:"晚上好呀。"

简单地打了个招呼,纪谖也没再回应她,径直坐到最下面那层去了,两人就各自闭目养神没有再对话,陆诗诗觉得有些困,准备先回去,但也不知道是不是因为在里面待的时间太长有些眩晕,走下来的时候眼前一黑就往旁边倒去,而正好那时候走到了纪谖的旁边,他下意识接住了陆诗诗。

可能事情发生得两个人都来不及反应,纪谖双手托在陆诗诗的胳膊肘下面,手不小心碰到了陆诗诗的胸,但怕自己乱动的话会让陆诗诗摔倒,所以只能不知所措地站在原地。

稍微缓了缓,陆诗诗恢复了意识,才感觉到气氛不对劲,马上直起身子,扶着额头惊慌失措地连连道歉,而后头也不敢回地就推门跑出去了,剩下纪谖一个人在原地,脸上写满了无比尴尬又有些羞涩的表情。

接二连三地在纪谌面前发生囧事，陆诗诗决定短时间内都不去健身房了，没事不外出，每天就学校和家里两点一线，尽量减少可以遇到纪谌的机会，想着过段时间这件事就会被淡忘了吧。

至少陆诗诗是这么自我安慰的。

每天出门前都要从猫眼里望望外面，确定没动静才用飞一般的速度跑出门。到了学校还生怕遇到纪谌，不禁鬼鬼祟祟地东张西望，然而往往越是这样越是容易引人注意。突然肩部被人从背后拍了一下，吓得陆诗诗大叫出来。

"嘘……"

没想到这姑娘会有如此大的反应，拍她肩的男生巴不得捂住她的嘴。

看到一张有些面熟的脸，陆诗诗依稀想起来这是喝醉了那天晚上原本坐纪谌副驾驶的那个男生。

"你……你好啊。"陆诗诗有些不好意思地打了个招呼。

"干吗那么偷偷摸摸的，做了什么坏事啊？"男生觉得有些好笑地看着她。

"没……没有啦。"陆诗诗挠了挠头。

"下课了吗？"

陆诗诗点点头。

"既然有缘碰到，要不一起吃个饭？"

陆诗诗想着晚上又没约，也不高兴回去做饭，恭敬不如从命，就答应了下来。

两个人去了城里一家火锅店,陆诗诗显得有些兴奋:"哇,好久没吃火锅了,没想到在这里还能吃到。"

"是吧,出国了之后就特别想吃国内的美食,感觉好像回到了自己家。"

说到这,陆诗诗突然有些难受:"好久没回家了,突然有些想爸妈呢。"

那个男生怕自己说错了话,马上给陆诗诗夹菜:"多吃点,多吃点,吃得白白胖胖的,爸妈才放心。"

陆诗诗努着嘴看他:"你出国几年了?"

"哦,我还没自我介绍呢,我叫赵博,和纪谖从小就是好朋友,我们两人小学一毕业就一起来了,所以啊,对我们来说这里更像是我们的家,回到国内反而会觉得生疏呢。"

"来了这么久啊,"陆诗诗感叹,"一直和父母分开吗?"

"还好吧,我父母每年会来看我个几次,我每次寒假、暑假也会回去,所以还好,而且在这里学业实在太忙,有时候根本没空去想那么多。"

陆诗诗点头表示赞同:"是的,我刚来那段时间每天忙得像狗一样,根本没空多想,现在渐渐适应放松了,就开始想家人想男朋友了。"

"怎么?你和男朋友是异地恋?"赵博试探性地问道。

"是啊,他在国内读大学,比我大一岁。"

赵博摇摇头："可惜啊。"

"可惜什么？"

"哦，没什么，"赵博笑了笑，"看到身边异地恋分手的太多了，叹息一下而已，希望你能有个好结局咯。"

"一定会的，"陆诗诗坚定地点头，"我觉得只要两个人真心相爱，就没什么不可能的。"

赵博拍了拍手："好，有这信念就好，我看好你。"

虽然话这么说，但赵博心里清楚，异地恋最后成功的概率简直和中彩票的概率一样，就算当初再怎么坚定，还是会输给时间和距离，他只是不想打击还陷在幻想里的陆诗诗而已。

"对了，"赵博突然想到了什么，问道，"你和纪谖怎么样？"

提到他的名字，陆诗诗不由自主地脸红起来，闷头苦吃道："没怎么样呀，我和他是很和睦的邻居关系，啥啥啥都没发生。"

赵博看着她的反应突然提起兴致来，凑上去问道："你不觉得他帅吗？他可是我们这里出名的完美男神啊，喜欢他的人真的数都数不过来。"

"关……关我什么事啊，"陆诗诗眼神看向别处，"我和他不是很熟啊。"

"少见哎，"赵博摸着自己的下巴，"还是第一次碰到女生对他不感冒的。"

"这里的人是多没见过世面啊，"陆诗诗翻了个白眼，"也不至于那么帅好嘛。"

"他不止帅，是全能，他很小就学钢琴，很早就考出了钢琴十级，吉他、贝斯也都不在话下，唱歌也得过奖，文采很好，上过专栏登过报纸，运动方面……打篮球也很厉害，有时候也会玩冰球，身材也好，那身材的线条我们男人看了都有点受不了。还有啊，他以前嫌他家阿姨做饭不好吃，就自己钻研烹饪技巧，烧得一手好菜，为人也低调，没有注册任何社交网站，也从来不打游戏，不抽烟不喝酒，你说，他还有什么缺点？"

被赵博这么一问，陆诗诗突然有些无法作答。

仔细想想，纪谖的确是个从表面看起来很完美的人，但可能正是这种对完美的过分追求，给人一种无形的压力，让人感觉和他在一起，都不能完全地做自己，和这种人就连做朋友都会觉得喘不过气，更别说……

胡思乱想到这里，陆诗诗猛地拍了一下自己的额头。

似乎猜到了她的脑子里在想些什么，赵博突然笑出来："怎么，答不上来吧。"

"谁说的，"陆诗诗反驳，"他这么毒舌，跟他接触多的人一定会讨厌的，那些女孩子一定是光看了他的表面，不知道他的内在。"

"你这么说他，不怕他听到？"

听赵博这么说，陆诗诗条件反射地扭头四下张望，确定周围没有纪谖的身影才放下心来。

"你别吓我好不好。"

"你怎么这么怕他啊?"赵博笑意十足地看着她。

"没有啦,毕竟是邻居,希望有个良好的印象,以后好互相照应,仅此而已,他别黑我我就谢天谢地了。"

赵博点点头:"也是,那家伙说话有时候的确有些伤人,不过他也没坏心,只是心直口快而已。"

"对了,他不是有女朋友吗?"

赵博皱了皱眉:"哪个?"

"就那个高高的,"陆诗诗比画道,"瘦瘦白白的,长得很美很仙的。"

"哦,那个啊,"赵博拍拍脑袋,"你说那个陈馨啊,分了啊。"

"分了?"陆诗诗有点惊讶,想来那次美女从纪谖家里哭着跑出来应该就是被他甩了吧。

想到美女哭泣时那张梨花带雨的脸,陆诗诗就觉得纪谖有些无情,想来他一定是那种没什么感情,不念旧情心狠手辣的人。

"不过那个妹子,我们都不是很喜欢,太黏人了,一直有被迫害妄想症,老患得患失,都跑来学校哭过好几回了,每次纪谖稍微对她冷淡一点,就一哭二闹三上吊,一副没了他活不了的样子,连我们都嫌她烦了。"

"可不是,这种女神级的人物总是众星捧月,所以被稍微忽略了一下就会觉得受不了,不像我们这种平凡人啊,本来就没什么存在感,也就不会有什么被迫害妄想症。"

"你还算平凡啊?你长得这么萌,"赵博笑意十足地看着她,"上次见了面我们几个就都对纪谖说,有你这么可爱的女孩子做邻居简直太幸福了。"

"才没有啊,我一直麻烦他,他应该烦死我了才对。"

"不不不,那你就不了解他了,"赵博摇了摇手,"他如果真的烦一个人,才懒得搭理,哪怕是邻居。讨厌的人做他邻居的话,就算家里着火,只要不殃及自己,他也懒得管。"

陆诗诗张大嘴:"是这样的?"

"是啊,所以你平时找他帮忙,如果他都搭理你的话,那说明他绝对不至于讨厌你。"

陆诗诗塞了一口鱼丸到嘴里,含糊不清地说了声:"哦。"

两人把碗底都吃穿了,陆诗诗满足地摸了摸自己的肚子:"好饱啊,我到这里来还从没吃过这么饱的一顿呢。"

赵博结完账后说:"没想到你胃口还挺大的。"

陆诗诗有些不好意思:"今天谢谢你款待了,下次换我请你。"

"好啊,下次我们去纪谖家里办派对,你一起来哦。"

陆诗诗有些犹豫:"不得到主人的邀请就去,不太好吧。"

"邀请你还不方便,直接隔壁按一下门铃不就行了?"

陆诗诗想想无法反驳,便点点头:"那看情况吧。"

"时间也不早了,我送你回家吧。"赵博站起身来。

"哦,不用了,我这里坐电车回家很方便的。"陆诗诗摇手说道。

"没事,正好去纪谖家里坐坐。"

陆诗诗抿抿唇,只得同意。

可能由于太困,回去的电车上陆诗诗没头没脑地睡了一路,直到下车才被赵博叫醒。

走到五楼,陆诗诗掏出钥匙,在门口刚想和赵博道别,纪谖就像算好时间一般突然开门,看到两个人同时站在他家门口,他手上的动作有些僵硬。

"哦,正好碰见你邻居,一起吃了个饭顺便送她回来。"

陆诗诗尴尬地朝纪谖笑了笑:"你好。"

纪谖只是淡淡地"哦"了一声。

"那你们先聊,我先回家啦。"陆诗诗指了指自己的房门,然后利索地开门进屋。

纪谖看着赵博,示意他进屋。

关上门后,纪谖终于开口道:"我想你小子怎么神秘兮兮地突然叫我来接你。"

"没有啊,我只是帮助你和你邻居妹妹和睦相处。"

"本来挺和睦的,你别瞎掺和。"纪谖给他倒了杯咖啡。

"怎么样,我和她一起吃了晚饭,觉得她真的很可爱单纯,不考虑考虑？"赵博打探道。

"麻烦你下次乱点鸳鸯谱的时候先打探清楚敌情，别人天天都和男朋友你侬我侬，聊天到半夜吵得我觉都睡不着，没空搭理你的奇思妙想。"

"哟？挺关心人家的嘛，"赵博对着他挑了挑眉毛，"如果是别人大半夜吵着你睡觉一定被你骂到残疾，怎么你没骂她吗？"

"懒得骂。"纪谡摆了摆手。

"你也知道，就她那样子，跟你打赌不出三个月异地恋铁定吹，我们这种见得还不多？如果真的对人家上心，可真别错过机会，近水楼台先得月，你这天时地利人和的机会啊，不好好把握我都觉得可惜。"

"你烦不烦，"纪谡朝他抡起拳头，"再不闭嘴就滚回去。"

赵博觉得点到为止就够，手在嘴上做了个拉上拉链的动作，就闭嘴了。

纪谡的心里没有太大起伏，因为他是个完全理性的人，不会想些有的没的，在前提条件没有发生的情况下，他不会没事去考虑那些假设性的结果。

而陆诗诗，则在他的计划之外。

Episode ②

明天
再见

陆诗诗回到家里,发现自己的手机已经爆了,有来自徐凯的无数个未接电话和信息,想起自己刚才一直是静音模式,所以没有注意,想必是他急坏了,她马上开启了视频,看到的是徐凯一张又担心又憔悴的脸。

"几点了?"对面的人口气很不好。

陆诗诗下意识看了看时间:"晚上十点半。"

"我等了一早上,课都没上,你电话不接信息不回,你知不知道我多着急。"

"对不起,"陆诗诗低声下气地说道,"和朋友出去吃饭,手机没开声音,就没及时回你消息。"

"几个小时不回一句话,你的朋友是有多重要,比我还重要吗?"

听到他这么说,陆诗诗突然觉得很疲惫,摇摇头:"不是的,只是我也有我的社交,我没办法时时刻刻和你汇报。"

"为了等你,我一早到现在坐在电脑前什么事都没做,课都没上,饭也没吃。"

"啊,你先去吃饭吧,不能逃课啊。"

徐凯面无表情,继续冷冷地说道:"吃不下。"

其实陆诗诗是很讨厌这样的吵架的,特别她是被质问的一方。其实说到底,自己也没有做什么多对不起他的事,只是消息晚回了一会儿,她总觉得是对方太小题大做了。

"我知道了,我以后会注意。"陆诗诗低声下气,希望得到对方的原谅。

"我担心你，都不知道该做什么，我很讨厌这种感觉。"

陆诗诗叹了口气，看着视频里的他，突然觉得有些陌生。

可能真的几个月不见，再亲密的人都会变得生疏。

"我已经道过歉，何况我真的只是和朋友吃饭而已，你可不可以不要这么神经兮兮的。"

"我神经兮兮？"徐凯冷笑一声，"好，那下次我也消失大半天不见，看你会不会这个样子。"

说完就挂断了视频。

心里不舒服，加上身体的疲惫，让陆诗诗觉得快要崩溃了。

她双手插入发丝之中，垂下头，流下了眼泪。

都已经这么辛苦了，还得不到对方的体谅，得不到对方的支持，还要面对一些虚无的质疑，陆诗诗觉得很委屈。

她洗了个澡，什么都没想就入睡了。

本来以为第二天醒来会看到徐凯的道歉消息，但她什么都没有收到。

电话、短信、微信，什么都没有。

而陆诗诗也是个好面子的人，她发誓徐凯不主动找她，她也一定不会主动去找徐凯说话。两个人就这样冷战了两天，终于徐凯忍不住，打电话找陆诗诗道歉。

其实本来并没有想闹情绪，但可能最近学业压力太大，所以听到徐凯声音的那一刻突然觉得很烦躁，陆诗诗冷冰冰地回道："你不是要报复我，不理我吗？怎么打电话来了？"

"对不起，我只是……"

"只是什么呀，我一个人在这里努力奋斗的时候没有你的安慰照顾，反而还要受你的气，我现在不想和你说话。"

陆诗诗说着情绪越来越激动，后来直接哭了出来，由于自尊心的驱使，陆诗诗不想让徐凯听到自己的哭声，所以找准时间掐断了电话。

由于急着去上课，陆诗诗还没来得及抹掉眼泪就出门了，但不巧恰逢纪谖从外面回来，陆诗诗看到他连打招呼的力气都没有，只是扯了个比哭还难看的笑。纪谖也看出了陆诗诗的不对劲，但出于礼貌，便什么都没有问。

晚上上完实验课回家，在家门口掏了半天钥匙都没找到，努力地回忆着到底是忘带钥匙出门还是落在学校没带回来。陆诗诗平时是个谨慎的人，基本不会掉东西，但可能因为今天整个人状态太差，所以才会心不在焉地忘这忘那。

本准备打电话联系朋友，却发现手机又好死不死地没电了。

总是在这种关键时刻掉链子，害得陆诗诗好几次出现这种不知如何是好的窘况。

陆诗诗蹲在自己家门口，正当她无比纠结烦恼的时候，纪谖的房门突然打开了，只见他戴着口罩和手套，提着一袋垃圾，站在门口淡淡地看着陆诗诗。

两人面面相觑了半晌，她觉得这样干瞪下去也不是办法，正准备打破尴尬的沉默的时候，纪谖突然开口道："一起丢垃圾去吗？"

由于每层楼都有垃圾口，垃圾直接往里面一扔就会自己滑到底楼的垃圾室，所以两个人一起丢个垃圾也最多只需要一分钟的时间，又不是高中女生上个厕所还要结伴而行，所以陆诗诗并没有反应过来，只是"啊"了一声，然后一脸莫名其妙地瞟着他。

纪谖似乎知道她在惊讶什么，于是瞪了她一眼："蠢货，你从来不知道做垃圾分类吗？"

陆诗诗这才明白过来，因为垃圾分类是要到地下的垃圾室自己丢到不同类型的箱子里的，所以纪谖才会发出如此"邀请"。

陆诗诗只是心里一阵嘲讽，现在连自己家门都进不去了，哪还有心情去扔什么垃圾。

她站起来，和纪谖解释了一下自己现在的窘迫处境，说现在太晚了也联系不到公寓管理员，手机也没电了无法联系朋友，想来想去唯一的办法只有去找个旅馆暂住一晚。

纪谖听她说完沉默了会儿，默不作声地考虑着什么的样子。

过了片刻，他摘掉口罩，然后直直地盯着她一字一顿道："晚上住我这儿吧。"

此时此刻，陆诗诗觉得纪谖简直是一个天使一般的存在。

但突然徐凯的脸跳到陆诗诗的面前，她觉得就这样和一个男人独处一室总是不太好的，自己毕竟是个有男朋友的人，为了避免闲言碎语，她思考了片刻，还是拒绝道："这个……有点不方便吧……你也是知道我的情况的……唔……嗯……那个……"

纪谖皱了皱眉，居高临下地俯视她，冷冷道："少废话，让你住你就住，别想些有的没的。"

陆诗诗低下头小声说："可是这样真的不合适哎。"

之后纪谖便没有了声音。

陆诗诗抬头偷偷看他，只见他微眯双眼，紧抿双唇，眼神清冷。

也不知道是有些害怕还是担心错过这个机会可能真的要露宿街头，陆诗诗突然一冲动说："那好吧，打扰了。"

其实在说出口的一刹那她就有些后悔了，但说出去的话泼出去的水，已经收不回来了。

脱鞋进屋后，陆诗诗局促不安，连手都不知道该往哪里放，四下打量了一下家具布局和装修风格，看上去生活质量很高的样子，白黑色的主题，每个家具看上去都是经过精挑细选的，摆设位置似乎也都经过了精心的设计，这倒是和他平时的作风很像，看上去有条不紊并且对什么都是很讲究的样子。

"伸手。"

突然从身后传来这样的一句话。

陆诗诗觉得有些疑惑,心想该不会是又发糖吧,但还是照做,谁知道纪谖居然往她手里倒了消毒液。

陆诗诗觉得有种说不上的丢脸感觉,好像对方嫌弃自己很脏的样子,但无奈人在屋檐下,哪能不低头,再怎么不爽也只能忍气吞声。

他家的设计是开放式厨房,纪谖示意陆诗诗坐到吧台上,然后递了杯水给她。可能因为太渴加上之前紧张出了太多汗,陆诗诗咕噜咕噜一口气就喝完了,然后双方就都没有说话,气氛显得无比尴尬。正此时,陆诗诗的肚子很应景地叫了一声,打破了此时的沉默。

纪谖看了看她,问:"你是不是饿了?"

其实陆诗诗的肠胃不好,只要不按时吃饭,一到晚上肠子就会例行蠕动,陆诗诗有些不好意思地点点头,然后纪谖就说他来准备晚餐。

之前就听赵博说纪谖的厨艺好了,没想到能有机会亲自尝到。

陆诗诗也不敢瞎动,就坐在吧台前看着纪谖忙活来忙活去。

她暗自打量着纪谖,虽然对他并没有动心,但不得不说男人做饭的样子实在是太帅了,看着穿着白衬衫的他做饭的背影,一时恨不得抱上去。

本来以为可以尝到一级的牛排,没想到最后送给陆诗诗的只是一小盘色拉。

可能是看出了陆诗诗眼中的失望,纪谖瞥了她一眼说道:"能施舍你点吃的已经很仁慈了,感恩懂不懂?"

陆诗诗努着嘴,一口一口吃着色拉。

"你先吃,我去把垃圾倒掉。"

陆诗诗没有回答,只是点点头。

由于分量太少,陆诗诗不一会儿就把盘子吃个底儿朝天了,吃完以后她也不敢乱动,也不敢洗碗,怕纪谡对洗碗也有什么特别的要求,到最后成事不足败事有余,好心做了坏事,索性把盘子放在那里不动,径直走到落地窗那边毛茸茸的地毯上去看风景。虽然在五楼看不到多美的风景,但从纪谡家里的角度看出去的风景和平时自己看到的不一样,也因此显得特别新鲜。

而此时,好巧不巧地下起雨来。

雨天是陆诗诗最喜欢的天气,只要听到雨声她就觉得浑身酥酥麻麻,能感受到莫名其妙的幸福感涌动而上。

可能看得太入神,就连纪谡回来了都没有注意到,突然被人拍了拍,陆诗诗还被轻轻吓了一跳,抬头看到是纪谡,他递了杯水过来,然后盘着腿坐到她边上说:"大半夜吃太多消化不好,以后做顿好的给你。"

也不知道是错觉还是因为雨声的魔力,此时此刻纪谡的声音居然听上去有一丝温柔。

此刻的风景太过旖旎,浪漫被烘托得恰到好处,使得陆诗诗一瞬间有些失神。

纪谖见她没反应，追问道："你今天早上没事吧？"

陆诗诗愣了愣，然后反应过来是指早上吵完架后的那个哭颜，她有些受宠若惊，刚想说话，却突然开始打嗝了。

这么好的气氛，就在一秒钟之内被完全破坏。

陆诗诗觉得羞愧至极，恨不得刨个地洞钻下去，她能感觉到自己整个脖子都涨红了，只得给自己打圆场："好奇怪，怎么突然打嗝了。"

说完又猛灌水，但是打嗝就是无法停止，她悄悄看了眼旁边的纪谖，对方还是面无表情，陆诗诗觉得他没有在这时候吐槽自己已经是万幸了，有些欣慰地一边打嗝一边说："早上……没……嗝……没事啦……就……嗝……就是和男朋友……吵……嗝……架，很正常的。"

听到这么说，纪谖突然站起来，跑去厨房，然后回来对陆诗诗说："伸舌头。"

陆诗诗疑惑地看着他。

纪谖直直地盯着她，淡淡道："快点。"

也不解释清楚原因，没头没脑的陆诗诗也只能照做。

纪谖凑近她，将一个勺子按在她的舌头上，眼睛却毫不忌讳地直视陆诗诗。

他的目光很深沉，两人离得又近，陆诗诗感觉都能从他的瞳孔中看到倒映出的自己，心一阵慌乱，不敢再看他，眼珠转来转去，最后往一边瞥去。

也不知道是勺子的效果，还是因为太紧张，陆诗诗突然发现过了一段时间，打嗝停止了。

见她不打嗝了，纪谖拿开勺子起身，叫陆诗诗一起进卧室。

陆诗诗站在他的卧室门口，看着他翻出洗漱用具，过了一会儿又打开衣橱开始翻找适合她的T恤、运动短裤，然而由于身高的差距，纪谖短裤的长度都可以让陆诗诗当七分裤穿了。

"给你，"纪谖把衣服递给她，"去刷牙洗澡吧。"

陆诗诗点点头，乖巧地往浴室走去。

由于纪谖生活的所有细节都看上去井井有条，就连浴室里的摆放也似乎用尽了心思，所以陆诗诗在使用和清理的时候格外小心，确定没有留下任何头发，还擦干了所有的水渍之后才缓缓出来。虽然她觉得他还是会全面消毒一遍，但总是不想给人留下邋遢的印象，所以尽量做到不留痕迹。

用了将近是平时洗澡的两倍的时间，陆诗诗终于换好衣服从浴室出来，看到纪谖正在换床单被套枕套什么的，她觉得有些惊讶。

本以为像他这样洁癖挑剔的人是绝对不会让别人睡他的床的，已经做好就算睡沙发也挺舒服的准备，却看到眼前一幕，陆诗诗多少有些感动和不好意思。

"那，你晚上睡沙发吗？"

纪谖没有看她，微微点头说："嗯，毕竟你是女孩子。"

一整套东西都换完，纪谖从衣橱里拿了换洗衣物和一床被子，临走前说："床边有充电器。"

陆诗诗点点头，示好道："谢谢。"

"好梦。"只是这么淡淡地回应着，却让陆诗诗感觉到无限的温存。

陆诗诗坐到他的床上，没想到异常舒服，躺下之后甚至没有多想什么就直接睡着了。陆诗诗也不是个认床的人，安然无事地一觉睡到天明自然醒。

她自认乖巧地把床铺好，仔细检查有没有在他的床上掉头发，然后换上了自己的衣服，把昨天纪谖给自己的衣服小心地叠好放在床头。出卧室就看到纪谖优哉地靠在沙发上，穿着白衬衫，衣领半敞，双脚伸直放在垫脚凳上，左手拿着一杯咖啡，右手拿着一本书。

听到陆诗诗的声音纪谖也没有抬头，陆诗诗清了清嗓，和他道了声"早安"，然而纪谖还是没有听到一般，未给任何反应，就这么聚睛会神地看着手中的书。

觉得站在原地有些尴尬，陆诗诗准备去洗漱，纪谖终于开口，声音有些慵懒地说："早餐做好了，趁热吃。"

陆诗诗点点头，赶紧洗漱完去吃早餐，纪谖做的是丰盛的西式早餐，有黄油炒蛋、培根和烤面包，旁边还切了些水果，精致感简直堪比五星级酒店的早餐。

陆诗诗一阵狼吞虎咽，吃得一点不剩，对于平时为了方便只啃两片面包的她来说，能吃到这么有营养的早餐，简直感动得快流下热泪来。

打扰了这么久，陆诗诗感激涕零地和纪谖道别，而后联系公寓管理员打开了门，发现钥匙的确落在了家里。

一晚上没有打开手机，陆诗诗马上把手机充上电，发现消息已经爆炸了。

徐凯一晚上差不多以十分钟一条的频率不间断地发信息过来，若不是因为关机，应该也可以收到好几百个电话了。

陆诗诗简短地解释了一下昨晚的事，说钥匙忘记带了住在朋友家，微信刚发出去不出一分钟，电话就来了。

电话那头的人声音听上去是满满的疲惫。

"你去哪儿了？怎么又一晚上没有消息，我好担心你出事了。"

陆诗诗又有些心疼，又觉得他这样的脾气实在让人有些透不过气。

异地恋最怕的就是没有给对方足够的空间，什么都要管，但真正需要他的时候又完全帮不上忙。

陆诗诗的心里是有些怨恨的，毕竟是因为他昨天才陷入如此的窘境，而始作俑者还在这里一副质问的口吻。

虽然完全可以理解，理解这样的不安全感，理解这样的担心。但是，真的难受得让人透不过气。

像一只无形的手，无时无刻不拽着你，而在真的需要力量的时候，它却像是空气一样，根本帮不上什么实质的忙。

"我没事，钥匙落在家里了。"

"你在哪个朋友家里住了一晚？"

徐凯没有任何的关心，而是咄咄逼人地问起来。

陆诗诗在这里的朋友徐凯都认识，也都有他们的联系方式，而凭徐凯的性格，绝对可能一个个去对质。

不想说谎，但又实在怕他会乱想。

陆诗诗给了他一个长长的沉默。

"和男的住一晚吗？"徐凯的声音听出一丝凉意。

"我回来很晚了，没地方去，正好邻居看到我，就让我住了一晚上，他睡沙发。"虽然说的完全是事实，但也不知道为什么，陆诗诗心里有些虚。

"就是那个你和我提起过的第一天就帮你拿行李的邻居吗？"

"对对对，"陆诗诗点头，"他虽然说话有些欠，但还是挺照顾我的，也多谢他呢，否则昨晚我真的不知道该怎么办。"

"哦。"

只是这样简单的回应。

陆诗诗叹了口气："你什么意思？有话你就直接说。"

"没什么。"

还是一副死样怪气的口吻。

陆诗诗忍无可忍，气急败坏地说："不要对我这个态度，有什么想法你就说，没有的话我很忙，先挂了。"

对方听了三秒后，挂断了电话。

陆诗诗觉得心一凉，慢慢放下电话，靠着墙半蹲下来。

是不是真的，没有人看好异地恋，是不是真的，结局其实所有人都看到了，只是她自己还凭一己之念不肯放弃？

本来想着读完这几年回国就结婚，只有几年而已，很快的，而且每年放假都会回国，电视剧、电影里不都用一眨眼来形容"那么多年"吗，为什么在她身上就不能实现？

为什么才几个月而已，两个人的感情就已经四分五裂了？

说好了会无条件地相信，然而真的遇到种种事情，又没有办法去证实的时候，所有的信念都会崩塌，剩下永无止境的猜忌。

陆诗诗觉得很无奈，却无可奈何。

她看了很久自己和徐凯两人的合照，看着看着，突然又想起了出国前两个人在一起甜蜜的日子。在国内这么久，两个人似乎从来都没有吵过架，在一起的时候总觉得时间过得特别快，恨不得每天有三十六个小时可以黏在一起。

陆诗诗真的想，只要见一面，只要在一起待个一天就好，就可以解决所有的问题，可以恢复到之前的感觉。

无奈的是,现在的她真的没有办法回国,来回二十几个小时,对现在已经学业异常繁忙的她来说简直是不可能实现的事情。

一切都只能想想而已。

所有不能解决的问题,只能靠幻想来给自己一线生机。

陆诗诗抹了抹眼泪,站了起来,洗了把脸看着镜子里的自己。

这几个月来,感觉自己明显苍白不少,她开始怀疑自己当初的选择究竟是否正确。

抛下了所有来到这里,本来以为是为了未来在奋斗,却发现现在连她规划里的未来都要消失了。

有那么一瞬间,她恨不得抛开一切回国,一切重新来过。浪费了这几个月又如何,她只是不想失去她认为重要的、不可替代的东西。

陆诗诗当机立断地决定买机票飞回国给徐凯一个惊喜。

哪怕只待一个周末,她也坚信一定可以挽回。

陆诗诗并没有告诉他自己要回国的事,她只要想到徐凯见到她时惊喜的表情,想到两个人相拥在一起久久不愿分开的画面,就觉得这一切都值得。

一路上她简直归心似箭,飞到北京的时候把所有的行李往酒店一扔,就打车去了清华大学宿舍楼。

由于知道是哪一幢,陆诗诗直奔目的地,到楼下的时候打电话给徐凯,却显示手机已经关机。

陆诗诗看了看时间,现在是晚上八点,想着他可能去吃晚饭了,就决定坐在楼下先等等,一直等到九点,敌不过还没有倒过时差来的困意,决定先回酒店休息。

往宿舍外走,陆诗诗看到很多情侣亲密地手挽着手,着实让人羡慕。

她已经快忘记徐凯的手的温度了。

果然时间可以冲淡所有东西。

陆诗诗有些丧气地走着,突然听到一个熟悉的声音从身边穿过。

"你不用送我了。"

徐凯的声音,就算是茫茫人海中也可以一下子就分辨出。

陆诗诗回过头,失神地看着他的背影。

他的身边站着一个女孩子,两人之间虽然有一定的距离,但女孩子眼中那种望眼欲穿的爱慕还是完全被看透。

"我送你到宿舍楼下吧,明天你有空吗?再一起吃晚饭吧。"

"不用了,我没时间。"徐凯的回答很决绝。

"没事的,你有空就打电话给我好了,我可以每天都陪你吃饭。"

"谢谢。"徐凯说着到了宿舍楼下,和对面的姑娘打了个招呼就走了。

女孩在楼下等了很久,才缓缓走回来,脸上似乎写满了失落。

在昏暗的路灯下,女孩子脸上的表情看上去并不怎么清晰,但看着她无力的肩膀,陆诗诗突然觉得有些心疼。

她就这样慢慢地看着女孩子一点点和自己擦身而过。

她突然想起一句话。

在感情中,并没有对错。

她并不讨厌这个女孩子,她只是讨厌自己给了女孩子这样的机会。

如果像以前那样,自己每天都可以和徐凯在一起,根本不会给别人这样乘虚而入的机会。

她并没有怪徐凯,徐凯做得很好,拒绝了暧昧,甚至有些冷酷过头。

陆诗诗站在路中间,月光照在她的脸上,在地面上折射出她的影子来,看上去落寞而忧伤。

发了好几分钟的呆,手机突然有来信提示。

是徐凯发来的微信。

"对不起,刚才在吃饭,手机没电了,没有看到消息。"

陆诗诗看到信息,一下子不知道该如何回复。

在屏幕上打上"和谁一起吃的"几个字,却迟迟没有按发送键。

不知道是不是害怕对方欺骗自己,所以陆诗诗把那几个字都删除,重新打了一行字。

"没事,就是想你了。"

"我也想你。"对方的消息很快就回复过来。

只是很空洞的文字，看到这几个字的时候，内心其实并没有什么触动。

不会像热恋时候的少男少女，一句"我喜欢你"可以让对方把头整个闷到被子里害羞好几分钟。现在再看到"我爱你""我想你"之类的词汇，只是觉得像要去完成任务。

只是觉得每天不说这样的话，对方就会起疑心，所以像是课后作业一样，一定要完成。

陆诗诗没有再回复，她现在只想大睡一觉。

但可能人在累到一定程度的情况下反而会难以成眠。

她回到酒店在床上翻来覆去就是睡不着，准备起身去找徐凯，打电话给徐凯，对方看到是陆诗诗的名字，没有多想就接起电话，耳机对面传来一阵嘈杂的声音。

"你在哪儿？"陆诗诗用力喊道。

"和朋友在外面玩。"

陆诗诗立马从床上跳起来，这么吵，估计不是酒吧就是KTV。

"你在哪里？"陆诗诗的口吻变得很犀利。

徐凯把具体的地址报给了陆诗诗，然后说自己很快就回去随即就挂断了电话。

陆诗诗换上衣服，马上打车赶往徐凯所说的KTV。

到了包厢门口，陆诗诗可以听到里面沸反盈天的吵闹声，听上去起码有二十来个人。

陆诗诗犹豫了很久要不要这么鲁莽地冲进去，正犹豫不决着，门突然被打开，一阵嘈杂的声音将她拉回现实，开门的男生脸上露出一阵惊讶："你找哪位？"

陆诗诗不知所以地站在那里，用余光往里面瞟。

"我找……"刚要开口，就听见传来了歌声。

"心若倦了，泪也干了。"是萧敬腾版本的《新不了情》，这首歌陆诗诗听徐凯唱过无数遍，所以只要一个咬字就知道是他的声音。

陆诗诗有些茫然地站在那里。

"你找谁？"对方又加重语气问了一句。

"我找唱歌的那个，徐凯。"陆诗诗指了指。

男生对她做了个让她进去的动作，就往外走了。

陆诗诗进去，关上门，似乎没什么人注意到她，大家都聚精会神地在听徐凯唱歌。

徐凯唱歌好听是高中的时候就广为流传的，只要他去参加歌唱比赛一定都能拿下冠军。陆诗诗想起以前还吃醋和徐凯发嗲说太多人喜欢听他唱歌没有安全感，那时徐凯曾对陆诗诗说以后只唱歌给她一个人听。

可能因为青涩，所以连这样的谎言也轻易相信了。

若不是现在听到他在唱歌给那么多人听，陆诗诗发誓自己会坚信一辈子。

他的歌声可以把所有人的注意力吸走，陆诗诗看到屋里有好几个女生，表情都如痴如醉。

"回忆过去，痛苦的相思忘不了，为何你还来，拨动我心跳……"

陆诗诗听着听着，眼泪就掉了下来。

一首歌唱完，所有人都用力鼓掌，几个女孩子拿着啤酒走过去和徐凯说了些话，然后陆诗诗看着他一一回敬她们，谈笑风生间气氛无比和睦。

大学是个荷尔蒙旺盛的时代，任何像徐凯这样的男生都会备受瞩目，他有一张帅气的脸、聪明、家世好、会运动、会唱歌，这些所有都成为让人疯狂迷恋的资本。

陆诗诗光是看着那些蜂拥而至的女生的表情，就能感受到她们对徐凯的爱慕之情。

由于KTV的吵闹的环境，原本正常距离的对话根本无法听清，必须要贴着另一个人的耳朵大声说才行，一开始还和对方保持距离的徐凯渐渐就也贴起女生的耳朵，并且笑得旁若无人起来，此时的他根本就看不到陆诗诗的存在，就像此时的他心里也一定忘记了陆诗诗的存在一样。

这样的场景就是对现实的写照。

没有无法改变的东西，没有坚不可摧的信念。

其实对于异地恋来说，最大的考验并不是距离或时差，而是信任。

那是一个一旦崩塌就无法复原的东西。

虽然没在国内上过大学,但陆诗诗能想象对于徐凯这样的男生来说花花世界的诱惑有多大,就算他自己的信念再怎么坚定,也一定会有动摇的时候。

就算他安静地站在那里,也会有人朝他飞奔而去,而那些曾经不相信会发生的场景,也在他帮一个女生挡酒的时候崩塌了。

看到徐凯对别的女生露出和对自己一样的心疼神情时,陆诗诗觉得自己似乎已经失去了徐凯。

或者说,她终会失去徐凯。

有些时候明明看到了结局,却在通往结局的路上滞留,不愿再往前走。陆诗诗突然感觉好像自己才是那个不和谐的存在。

觉得有些难受,陆诗诗站起来悄悄溜出了包间,进到洗手间关上隔间的门,从胸口处涌动着一股未知的暖流,一直侵袭到眼眶。

抽泣了一会儿后稍微平复了一下心情,刚准备走出包间,却听到外面传来一些声音。

"思思,你准备什么时候跟徐凯表白?"

"不知道啊,还没想好呢。"回答的女生声音听着有些娇羞。

"徐凯这么受欢迎,你可得抓紧了。"

"可是上次听说他有个女朋友啊。"

"那不是在国外吗,在国外就等于没有,而且看刚才你们两个人在一起的样子,超级般配啊,你知不知道在学校论坛你们是所有人'最期待在一起'的情侣排行第一名啊。"

"可是总觉得这样不太好。"

"有什么不好的,我还听见他刚才对你说让你别喝太多,等会儿结束了送你回宿舍呢,一定是对你有意思。"

"总之我心里有些过意不去,觉得这样算是做第三者了。"

"有什么过意不去的,这种事又没有什么先来后到的说法,再说你们一个是校草,一个是校花,这么般配,大家只会觉得你们天生一对,他女朋友不在身边,感情一定很淡的,否则他干吗天天晚上都和你微信聊天到很晚啊。"

两个人本来还想继续对话,听到有别人进来,就没有再说下去。

陆诗诗确定她们都已经走了,洗了把脸,准备默默回去,路过KTV包厢门口时,徐凯却正从里面出来,和陆诗诗交错的一瞬间,他难以置信地瞪大双眼。

怀疑自己是不是喝多了,徐凯拍了拍脑门,轻轻叫道:"诗诗?"

陆诗诗朝他点点头。看到陆诗诗他有些兴奋又有些彷徨,双手握着陆诗诗的肩:"真的是你吗?你回来了?还是我酒喝多出现幻觉了?"

陆诗诗笑得很无力:"我回来了,今天下午就回来了,之前去你宿舍找你,没等到。"

"我前面和朋友吃饭去了,今天是一个朋友生日,所以来过生日的，你不要误会。"

陆诗诗摇头："我没有误会。"

真的，她没有误会。

能被解开的叫误会，而现在，像是打了一个死结，解不开了。

"怎么没有告诉我，我好去接你。"

徐凯的身上有很重的酒气，这是陆诗诗不喜欢的。

她抬头看着他，眼里写满了思念，但是，少了温柔。

眼神变得那么陌生，就连样貌，似乎都发生了些许改变。

可能这就是几个月不见之后的那种陌生感。

一直听说异地恋久别重逢总会有些不习惯，本以为不会发生在自己身上，真的遇上才发现，一切都是"本以为"罢了。

两个人从KTV走了出来，到旁边一个安静的街边，找了椅子坐下。

"本来想给你惊喜的，所以没告诉你。"陆诗诗淡淡地开口。

"你回来多久？"

"就待一个周末而已，周一要回去上课。"

徐凯侧过头看着她："你生气了吗？因为我出来玩没有告诉你。"

"我并不是气这个，"陆诗诗蹙眉道，"我也不知道我在气什么，我只是看到你并没有想象中那种……激动或者是安心的感觉。"

"那你是什么感觉？"

"我也不知道，"陆诗诗耸耸肩，"好像……没有什么感觉。"

徐凯停顿了一会儿，徐徐问："你的意思是说看到我没感觉了吗？"

陆诗诗反问："那你还有吗？"

徐凯对不上话。

"其实昨天我在你宿舍楼下等的时候，看到你和一个女孩子一起回来的，但是很奇怪，我没有生气，也没有难过，只是觉得心里空荡荡的，好像……好像什么东西掉了的感觉。"

徐凯握住陆诗诗的手："我和她什么都没有发生，你并没有失去我，我还是和以前一样爱你。"

"徐凯，我真的相信你，真的，只是……"

一个漫长的停顿后，徐凯忍不住问道："只是什么？"

"只是，我觉得结局已经摆在那里很明显了，为什么还要自欺欺人，到时候只会更痛而已。"

徐凯垂下眼："那要怎么做，才可以挽回？"

陆诗诗摇摇头："挽回不了了，我们这样的性格，都不适合异地恋。"

"那就不要异地恋了，你回来，回国。"徐凯坚定地说道。

说实话，陆诗诗之前考虑过，甚至曾经下定决心过，但是此刻，她突然觉得徐凯很自私，她突然觉得这样放弃很不值得。

为什么一直是自己在做让步，为什么自己美好的前程要因为徐凯而放弃。

说到底，他还是只顾着自己。

陆诗诗觉得有些心寒，摇摇头说道："我会在那里读完的。"

"那我就等你回来，你现在要和我分手，可以，我不想再和你吵架或不开心，但我要告诉你的是，直到你回来的那天，我都不会再交新的女朋友。我就等，如果你回来的时候还是单身，我们就在一起；如果不是了，那就是缘分没到，我也不会后悔等你那几年的。"

陆诗诗觉得很温暖，却很残酷。

陆诗诗并没有答应他，她只说了一句"回去考虑考虑"就搪塞过去了。

其实她知道，徐凯做不到。

徐凯这么说，只是给双方一个台阶下，不让分手显得那么难看，毕竟陆诗诗是他所有的青春印记，是他所有的青涩回忆。

虽然誓言抵不过陪伴，但回忆却不会输给时光。

陆诗诗收拾好行李，提前一天改签了机票。

在飞机上的十几个小时，陆诗诗一点都不觉得漫长。

她一直在回忆和徐凯的种种，她答应自己，下飞机后就开始重新生活，忘记关于徐凯的一切。

细细数来，和徐凯在一起一共七百八十四天。

越是这样想着，越是不舍。

没有输给任何东西，而是输给了现实。

陆诗诗从来没有觉得坐飞机的时间会这么短。

拖着疲惫不堪的身体回到家，歇斯底里地哭了一场，陆诗诗对自己说，她坚持了七百八十四天……两年又两个月……

突然失去了那个重要的人，感觉就好像整个人一瞬间被掏空，她喘不过气来，陷入无限的恐惧与惊慌中。

可是，就这样吧，好聚好散。

让那些美好永远留在心底。

就这样昏睡了过去，醒来的时候已经是当地时间晚上七八点了，陆诗诗有点浑浑噩噩的，可能是饿过头了，浑身也没力气，忘记披上外套，就一个人往外走到街上。

十一月，风吹得让人浑身发抖。

陆诗诗的心情其实比较平静，但每次拿起手机看，都没有来自徐凯的消息的时候，心里就被空荡荡的感觉侵袭，便又忍不住流泪。

可能是怕被人看到，陆诗诗一直低着头，漫无目的地在马路上缓缓行走。

一路跌跌撞撞地走着，恍恍惚惚魂不守舍，她觉得整个人都快要倒在马路上的时候，突然手臂被人抓住。

她觉得有人挡在她面前，抬头一看，意外地发现是纪谞，他微蹙着眉，清冷的目光中隐约可以看出一丝担忧。

陆诗诗先是一愣，然后脱口而出："哎，你怎么在这儿？"

没有意识到自己现在的脸看上去有多憔悴，却硬要展现一副"我没事"的样子来。

纪谖看着她的脸，依旧抓着她的手臂，淡淡地问："你没事吧？"

陆诗诗擦了擦眼泪，擤了擤鼻涕，扯了个笑说："哈哈，没事没事，不要担心。"

这时纪谖突然放开她，双手插进裤袋俯视着陆诗诗，一点都不委婉地说："分手了吧？"

说罢还发出"啧啧"声。

陆诗诗瞪了他一眼，招呼也不打一声径直走了。

意识到自己说的话太没有分寸，纪谖捏了捏拳后，转身跟在陆诗诗身后。

本来心情就不好了，还被纪谖泼了这么一盆冷水，让陆诗诗觉得特别有挫败感，她心情差到极点，以很快的速度向前走，走着走着觉得有什么不对劲，回头却发现纪谖一路都跟着她。

陆诗诗无奈又没好气地问道："你跟着我干吗？"

纪谖淡淡瞥了她一眼说："走你的路。"

毕竟路也不是她一个人的，陆诗诗无法反驳，没办法阻止他跟着她，想想也可能是自己自作多情，没准纪谖只是顺路而已。

陆诗诗放慢脚步，继续漫无目的地走啊走，绕了一圈又回到了家的附近，她突然看到家旁边有一个KTV，想着现在也没心情做任何事，不如找个地方发泄一下，于是没有过多犹豫就径直往里走。

到了KTV门口，陆诗诗刚想推门，看到头顶有只手伸来帮她推开了大门，正准备道谢，没想到转头一看是纪谖的脸，陆诗诗立马愣住，刚才自己一个人在外面瞎逛了很久，没想到他一直跟着自己。

只见纪谖依旧居高临下地俯视她，不耐烦地道："戳着干吗，还进不进去了？"

陆诗诗惊讶地问他："你怎么还在啊？！"

纪谖没有回她，只是要了个包厢，然后示意陆诗诗进去。点了些啤酒和小食，陆诗诗没管太多，直接走到点歌机前开始疯狂地点歌唱。

陆诗诗甩了甩头全程当他不存在，只管自己唱歌，纪谖也在那里自顾自吃东西，陆诗诗一连唱了好几首，回头看他，见他还在吃东西，忍不住问道："你……要不要也唱会儿？"

纪谖摇了摇头，然后把啤酒递给陆诗诗。

陆诗诗接过啤酒问他："你怎么不喝？"

纪谖说他平时没有喝啤酒的习惯，还很欠揍地加了一句："你不是失恋了嘛，据说失恋的女人都要喝点酒。"

虽然被他说得很不爽，但想想也实在有道理，陆诗诗二话不说就接过啤酒猛灌几口，脸立马就发热发红起来。

陆诗诗一边唱歌一边喝酒，晕乎乎的，而此时，她觉得脑海深处的回忆翻涌而上，变得越发清晰。

情到深处，陆诗诗突然想起一首很喜欢的歌，王心凌的《明天见》。

这首歌的歌词很短，唱来唱去就那么几句：

雨下了又停了，泪流了又干了。
你走多久多远了，我还在这。
你说的你忘了，可是我还记得。
手心里紧握着已不属于我的亲热。
爱怎会输给了时间，我的耳边再听不见。
我以为永远不会变，最习惯的明天见。
放手了该回到原点，心会受伤，也能复原。
我会学着自己走出从前祝福明天。

不知道是歌词太应景还是旋律太伤感，一下子触动了陆诗诗的内心，唱着唱着就不争气地又掉下眼泪。和徐凯在一起的两年时间就像电影一样在脑海中无限回放，一个个或悲伤或愉快的画面全部浮现出来，陆诗诗觉得难受得要命，整个心都揪着疼。

唱到后半部分，已经完全哽咽到唱不下去了，整个人特别无力，拿开话筒，然后盯着屏幕里的MV止不住地流泪，一个人沉浸在悲伤中根本忘记了身后还坐着纪谖。

正哭得稀里哗啦，陆诗诗感觉有人温柔地轻轻拍了拍她的头，柔声道："蠢蛋，哭什么。"

一听到这样的安慰，用的是这么温柔的语调，陆诗诗哭得更厉害了。

纪谖无奈地叹了口气，然后把她整个人转过来，轻轻抱住她，拍了拍她的背说："好了，不哭不哭。"

陆诗诗一惊，心颤了颤，当下她满脑子只有一个反应。

这真的是纪谖吗？为什么会如此……温柔……

可能往往平时冷漠的人温柔起来，更容易让人无法抗拒。

陆诗诗觉得自己的心跳直线加速，可能是因为纪谖的安抚太柔和，有可能现在的自己太过脆弱，所以任何情绪都会被无限放大，才会显得狼狈不堪。

过了会儿，陆诗诗慢慢冷静下来，眼泪也终于止住了，但由于不知道该怎么面对纪谖，所以一直把头埋在他的怀里半天不敢动弹。

腹诽了半天，陆诗诗自认为很机智地想到了一个借口，委婉地挣脱开他的怀抱，笑道："嘿！我尿急了！去去就回！"

她抛开还发着愣的纪谖，逃离出这个气氛有点暧昧又有点诡异的包厢。

陆诗诗跑到洗手间找到镜子的瞬间被镜子里的画面吓了一跳，血红血红的眼睛肿得像两颗球，脸上也是东一块西一块没有规律的红晕，鼻子下面挂了一条长而晶莹的鼻涕，简直丑得连自己都害怕，恨不得抹杀掉自己在纪谖印象里的存在，她觉得自己在纪谖面前把一辈子的脸都丢尽了。

整理了一下思绪和仪容，忐忑地回到了包厢，推开门的时候发现纪谖正两手插在裤袋里靠着沙发闭目养神，陆诗诗脱口问道："怎么不点歌唱呢？"

纪谖白了陆诗诗一眼，什么也没说，站起来把灯光调节到最亮，指了指自己的胸口说："你看怎么办吧。"

陆诗诗定睛一看，纪谖胸口的衣服上全是她的眼泪鼻涕，她一瞬间觉得特别丢脸，一个劲低头认错不停道歉说会把衣服洗干净熨烫好再给他送回去，想到对方那种洁癖的性格，应该想把自己杀死才是。

纪谖用力瞪着陆诗诗，吓得她往后退了一大步。

"不用你洗。"纪谖甩下这句话，抓起了陆诗诗的外套扔过去，示意她可以回家了。

陆诗诗穿上衣服，走去柜台结账的时候发现纪谖已经把单埋了，陆诗诗想把钱给他，但觉得纪谖肯定不会接受，便改口道了谢说下次换她请客，纪谖没有搭理她，只是和她并肩走在回家的路上。

一路上两个人都沉默不语，到了家门口准备开门的时候，纪谖突然让她等一下，自己进了屋子，差不多一分钟以后，他把脏衣服换下来扔到了陆诗诗脸上。

陆诗诗接住衣服，一脸疑惑地问："你不是不要我洗吗？"

"我改主意了。"

抛下这句话，纪谖就毫不留情地把门关上，留下陆诗诗一个人在原地傻站着。

Episode ③

慢慢
靠近

回家后，陆诗诗死死地睡了一觉，第二天把纪谖的衣服仔细地洗干净后，熨得服服帖帖，打了个电话确认他在家就捧着衣服去隔壁找他。

开门后纪谖把衣服提起来，还用一副特别挑剔的眼神把衣服里里外外检查了个遍，然后挑了挑眉问陆诗诗："没塞洗衣机吧？"

陆诗诗不可抑制地点头表示绝对人工洗熨假一罚十。

纪谖蹙眉看了看，没再说什么，还很难得地道了声谢。

陆诗诗甜甜地笑了笑，试图用这样的笑容感染他一般。

纪谖扫了她一眼，面无表情淡淡地来了一句："还有什么事吗？没事我关门了。"

陆诗诗摇摇头，刚想开口说"没事了你去忙"，只听见"啪"的一声，大门被毫不犹豫地关上了。

陆诗诗突然怀疑之前纪谖对自己的温柔是不是自己出现了幻觉，其实根本就没有存在过，是自己那天哭得眼冒金星，看见了根本不可能出现的海市蜃楼。

回到房间，陆诗诗还是觉得有些寂寥。分手后的神伤在所难免，但在纪谖的陪伴下发泄了一番后，好像真的好转了很多，可能因为早就料到了和徐凯会有这样一天，所以该流的眼泪也早就流完了，反而没有想象中那么伤心。

调整了两个礼拜，恢复了单身生活的陆诗诗，倒是觉得自由了，并没有想象中那么难受。

日子也趋向于平静，学校、家里两点一线，除偶尔受点纪谖的小关照以外，平淡无常。

陆诗诗把全部的精力都放在了学业上，眼看着终于要放个小短假，但假期之前必有实验报告要写，一天早上准备出门的时候碰巧遇见纪谖，对方礼貌性地问假期有什么打算，陆诗诗说要赶一个研究报告有些头疼，纪谖瞥了她一眼，关上门说："又拖延了吧，蠢蛋。"

陆诗诗吐了吐舌头："这都被你发现了。"

纪谖双手插口袋，有些不屑地看着她说："走吧，陪你一起去学校做实验。"

陆诗诗站在原地有些傻眼，认识纪谖半年来从来没有和他一起去过学校，顶多也就是一起去家里附近买买菜，这次居然主动邀请一起去学校，感觉是个很大的突破呢。

最主要的是，可以蹭车。

其实陆诗诗并不讨厌去学校，只是每次想到要坐一个多小时的电车就觉得整个人都瘫软无力，她在心里盘算着如果这次蹭车顺利，说不定可以假装顺口地问一句是不是可以以后去学校的时候都顺便带她一起。

万万没想到的是，纪谖说自己的车借给朋友开出去玩，这几天都要坐电车去学校，让陆诗诗一下子有些失意。

本来心里的小算盘打得好好的，没想到却来了这么一出，看来上天注定她是一辈子坐电车的命。

一路上两人有一句没一句地聊着，纪谖问陆诗诗打算花多长时间做这个实验，顿时让她觉得无比羞愧，毫无底气地小声说："两……两三天吧。"

　　纪谖似乎是翻了个白眼，居高临下地拿那冷冷的眼神瞪她，这鄙视的眼神分明就是在说：这傻子没救了。

　　两人来到学校实验室，过道上有几个亚洲女学生不知正在探讨着什么，看到纪谖的时候突然停下对话，眼睛像被点亮似的发着光围了过来，都是一副很亲昵的样子。陆诗诗就这样被硬生生地挤了出去，听不太清他们在说什么，模模糊糊就听到了PCR amplification, IDH, IDP之类她听都听不懂的词汇，看来是和专业有关的对话，等她反应过来才发现纪谖准备跟那几个女生一起走了，看着他的背影，陆诗诗内心在咆哮：说好的和我一起做实验呢！

　　谁知道这时纪谖回头瞥了她一眼，命令道："你先去准备准备，我一会儿过来。"

　　本想着他可能要去很久，陆诗诗垂头丧气地准备器材试剂，谁知还没有准备好纪谖就回来了，用了一副嫌弃陆诗诗动作慢的表情一直在旁边看着，最后实在看不下去，就动手帮陆诗诗一起完成。看着他娴熟的手法，硬是把这个以陆诗诗的水平需要两三天才做完的实验在近乎不可能的时间内完成了。

　　然而这一切都是在纪谖一路的鞭挞下完成的，全程他一直在用很生硬的口气各种骂"你是蠢蛋吗？你脑子进水了吗？这是基础课你是昏睡过去了吗"诸如此类，骂到陆诗诗差点都想转专业。

然而凡事都有两面性，经过这次的锻炼，她感觉自己的操作水平和数据操控能力都提升了不止一点点。

做实验的期间，有许多人经过都会和纪谖打招呼，感觉所有泡在实验楼里的人都认识他似的。陆诗诗平时在学校的路上根本不会被注意，除了自己几个熟的同学以外也不会和谁打招呼，所以跟纪谖在一起不免被多看几眼的感觉让她有些不习惯，本想问为什么认识他的人这么多，后来想想他这种学霸级的高材生可能常来做实验的，认识的人多也正常，这种问题还是不开口了，免得自取其辱。

一口气做了几个小时的实验，感觉脑子都快炸裂了，想着去上个厕所顺便洗把脸。俗话说得好，一切流言蜚语皆出自如厕重地，陆诗诗刚进到厕所隔间关上门，就听到门外传来两个人的对话，而对话的内容正是她和纪谖。

"纪谖身边的女孩是谁啊，从来没见他带妹子来而且那么贴身地长时间指导别人做实验，还亲力亲为了几次哎，简直都不像平时的他了。"

听到这里，陆诗诗顿时觉得倍感荣幸，但同时也有些提心吊胆，想继续听她们两个人的对话会不会抖出一些什么纪谖的八卦来，可两个人似乎只是进来洗手的，对话虽然还在继续，但声音却越来越轻，到后面就完全听不见了。

陆诗诗从厕所出来后，回到实验室，看到纪谡正在整理做完实验的器具，弱弱地问道："你为什么这么好心帮我做实验？是不是有什么目的？"

纪谡白了她一眼："你除了来做实验，这两天还有别的事吗？"

陆诗诗摇了摇头。

纪谡随即用一副不容拒绝的语气说："那回去收拾收拾行李，明天一早和我还有赵博和他女朋友去一趟K城。"

咦……咦？！

陆诗诗一脸惊讶地问道："什么？为什么是我？"

纪谡挑了挑眉看她："那不然嘞？"

"带你女友啊。"

纪谡愣了愣，有点茫然的样子："我哪有女友。"

说完就撇下陆诗诗，自顾自地走了。

本来以为会带自己一起吃晚饭，没想到自己上厕所的时候纪谡已经答应了其他姑娘一起就餐了，陆诗诗有些不悦，但看在他帮自己做完实验的份上，决定大人不记小人过，放他一马。

回家的路上，陆诗诗一直在犹豫明天要不要和他们去K城，心里想去和不想去各占一半。不过后来想想自己到了这里除了读书的城市还没去其他地方玩过，而且后面的小假期没有作业一个人也挺无聊，看着纪谡和赵博也是那种可以依靠的人，觉得出去玩一玩也无妨。

晚上和纪谙说好后,第二天四人坐着赵博的车就前往K城了,没想到赵博的女友是个金发洋妞,性感高挑而且人也很好,一路上三个人说说笑笑地聊着,只有纪谙在一边闭目养神,倒是觉得时间过得很快。到酒店的时候,却发生了一件她认为只有在电视剧中才会发生的事情。

房间只剩下最后一间,而且还是大床房。

"你不是之前说会带女朋友来嘛,所以我就定了大床房。"赵博有些认真又有些不怀好意地说着。

纪谙瞪了他一眼:"我说的是女性朋友,什么时候说女朋友了。"

赵博无奈地耸耸肩:"那是你自己没说清楚,怪不得我,大不了你委屈点睡地板咯。"

说完就搂着他的金发女友往房间走去。

由于假期将至,这又是个比较有名的度假酒店,所以房间都要提前很久预订,根本没有多余的房间,陆诗诗虽然抱着最后一丝希望询问酒店还有没有可能协调一下,甚至换间双人床的房也好,可是酒店的人再三道歉说已经全部预订完,没办法再安排其他房间。在大堂傻站了几分钟后,陆诗诗于手里的行李被纪谙一把拎起:"愣着也没用,先回房吧。"

"要不看看附近有没有其他酒店吧。"

其实陆诗诗并不是那么抵触和纪谙一间房,反倒是怕对方的洁癖毛病犯了,嫌弃她这嫌弃她那的。

一路像小媳妇一般跟他到了房间后，陆诗诗感觉浑身不自在，有点无从下手，纪谖把行李整齐地放好，拍了拍她："出去逛逛吧。"

　　一路颠簸过来大家也饿了，找了个饭馆吃了个饱，又去了几个名胜景点逛了逛，接下来自由活动时间，赵博和他女友觉得有些累就先回酒店休息了。而陆诗诗这人有个习惯，去每座城市都要去当地的艺术馆，本以为纪谖不会对这种东西感兴趣，没想到他却破天荒地说陪陆诗诗一起去。

　　本以为两个人在一起看展会特别尴尬，没想到一路上纪谖倒是显得兴致挺大的，只是大部分时间在挑剔中度过，嫌弃这幅画颜色不到位嫌弃那幅画布局不平衡之类的，一副自己特别专业的样子，站在旁边的人翻了他好几个白眼都浑然不自知。陆诗诗一直试图远离挑剔不停的纪谖，不知不觉走到一间特别抽象的概念主题馆，整个房间黑乎乎的一片，有很多障碍物摆在旁边，还有些乱七八糟的东西垂下来，由于怕碰到这些障碍物，走起路来有些不方便，陆诗诗整个人有点跟跟跄跄的。看她走路不稳，纪谖一把抓住她的胳膊，用了很重的力，可能是意识到自己下手太重，他又马上松了力，清了清嗓说："走路小心点。"

　　陆诗诗乖乖地点了点头，跟在他后面。

　　之后两个人相对沉默地逛完了艺术馆，回酒店附近四个人一起吃了晚饭，散了会儿步后正好到了一个酒吧门口，四个人想着难得出来那就疯狂一晚吧，进去之后大家都显得有些拘谨并没有喝很多酒。但玩到一半的时候纪谖接了个电话，回来后脸一板什么也没说就开始猛灌酒，陆诗诗想安慰一下，但纪谖打死都不开口说原因，直到后来整个人都喝得迷糊不清陆诗诗才抓住他的衣角劝他别喝了，纪谖毫不迟疑地甩开她的手，把手里的酒一口闷光。

陆诗诗知道他是个固执不听劝的人，就没有再多嘴，过了一会儿，纪谖站起来一个人跑到酒吧外面的露天阳台去吹风，手插在裤袋里四十五度仰望苍穹一脸惆怅的样子，陆诗诗的视线难以离开，可能是自己也喝过酒的关系，她突然觉得站在那里的纪谖好帅，侧颜还有脖颈的线条都是那么精致而明晰。

尤其因为他那样安静地站着，没有了平时的聒噪和挑剔，却另有一番美感。

想着自己一直看着他也不太合适，陆诗诗就故意找赵博和他女友聊天，过了一会儿再回过头看纪谖的时候，他身边不知何时站了两个妹子，三个人站在那里有说有笑的。陆诗诗心想这花蝴蝶也真是够了，到哪里都不忘招蜂引蝶，只见他们聊着聊着其中一个妹子竟把手搭在他的胸口，而纪谖也没有拒绝。陆诗诗内心咆哮着，平时洁癖那么厉害甚至她摸一下他的东西都要用消毒液消毒的人，现在居然让陌生人摸胸部都没有反应，她莫名其妙有些不爽。

看到这个画面，陆诗诗气呼呼地猛灌了几杯酒，顿时觉得心情舒畅了点，但心里舒服身体就开始抗议，可能是因为喝得太急，加上平时酒量就不怎么好,瞬间她就觉得吐意来袭,连奔带跑地去厕所吐了一通。虽然酒量不怎么好,但陆诗诗的酒品还是可以的,吐完就又恢复精神,只是出来的时候发现找不到回去的路了,在摸索中突然被人拍了一下肩膀,本以为是赵博或是纪谖来找她,没想到是个金发碧眼的外国小帅哥,小帅哥对她笑了笑,迷人得简直让陆诗诗浑身酥麻。

来回问了几句,发现对方是来自荷兰的,说从一开始就注意到陆诗诗了,觉得她可爱娇小,还有些小性感(陆诗诗是那种典型的童颜巨乳类型,当晚穿了低胸的衣服露出的事业线简直不容小觑),陆诗诗被说得有些脸红,刚想和对方交换联系方式,这时候纪谖却很煞风景地出现了。只见他冷冷地瞥了陆诗诗一眼,然后道貌岸然地朝荷兰小帅哥礼貌地笑了笑说:"Sorry, she's taken(抱歉她有男友了)。"

然后特别霸气地趁陆诗诗还没反应过来就理所当然地牵起她的手走了。

陆诗诗当时整个人完全处于茫然的状态,可能因为喝了酒脑袋反应过于迟缓,还想着自己明明和徐凯分手了应该处于单身阶段,根本想不起来自己什么时候被谁taken了,蓦地低头看向自己的手,发现纪谖正牵着自己的手,也不知道哪根筋不对居然没有甩开他,没有跑回去和荷兰帅哥解释,只是这样被他驾驭着,连一句反驳都没有。

一场好好的邂逅就这样被无情地抹杀了。

陆诗诗刚想冲着纪谖发脾气,谁知道他转过头,趾高气扬地说:

"毛都没长齐的小孩子还学人家玩艳遇。"说完还发出"啧啧"的声音。

听他这么说，陆诗诗气不打一处来，用力想甩开他的手，没想到他却握得更紧了，陆诗诗醉意蒙眬没有缓过来，便任凭他摆布。

被抓回了座位上，纪谖继续把酒当开水喝，虽然知道他平时吃晚饭有喜欢品一点红酒的习惯，但看他这么猛喝酒还是第一次，最后赵博和陆诗诗互相使了个眼色，说时间差不多该回去了。纪谖还是没有尽兴的样子，拉着说再喝一杯，赵博撇下他说："我不管你了，我开了一天车，累了，要回去休息了。"

然后就真的没有回头地走了。

陆诗诗拉着纪谖："回去吧，不早了。"

纪谖沉默了一会儿，站起来，跟跟跄跄地往回走。

不过看得出纪谖的意识还是很清醒的，轻松找到了回酒店的路，否则光靠陆诗诗这个路痴都不知道回不回得去。

一回房，纪谖就整个人倒在了床上，陆诗诗还没来得及头疼晚上睡觉的事，看着纪谖这副狼狈的样子倒是先幸灾乐祸起来。平时一副正经得不行好像容不得半点不干净的他如今却沦落到满身酒气一身邋遢的样子，想着就觉得有些暗爽，陆诗诗赶紧拿出手机来把他现在窘迫的样子照了下来。

存好了照片，陆诗诗费了很大的劲才把他的外套、鞋子脱了下来，也不知道是什么原因，居然鬼使神差地闻了闻他衣服的味道。纪谖平时是不用香水的，但身上一直有淡淡的香味，想着应该是沐浴露的味道，即便现在满身的酒气，还是可以从中分辨出浓郁的属于他的香气。

陆诗诗有点嫌弃地看着他，想着他每天洗澡得用多少沐浴露才能达到这种效果。

看着现在他难受的样子，陆诗诗也来不及再多吐槽，拿了热毛巾给他擦了擦脸和脖子，纪谖发出了哼哼的很享受的声音，简直让陆诗诗听了浑身酥麻。

正认真地帮他擦着身体，却发现不知什么时候纪谖居然醒了，半眯着眼看着她，还露出一个诡异的笑。

看到这个表情，陆诗诗顿时有种不祥的预感，还来不及逃离，整个人就被纪谖扳倒在床上，然后侧躺着把她圈进怀里，手臂重重地压在她身上，脸贴得她很近。

陆诗诗不敢动，纪谖的鼻息热热的弄得她很痒，她想挣脱，可是纪谖的手臂太有力，把她按得死死的不能动弹。

陆诗诗想着反正也逃不掉了，索性大大方方地放着让他按着，陆诗诗侧过头看着纪谖，似乎是第一次这么近距离地看着他的脸，上一次这么近距离是在他家打嗝之后他用勺子抵着自己的舌头，那时候由于太紧张没敢对视，而这次纪谖的眼睛闭着，陆诗诗可以放肆地把他整个脸部轮廓都看清楚。在旖旎的灯光下，陆诗诗只是觉得这家伙眉毛好好看，鼻子好好看，嘴唇也好好看，好像哪里都好看，脸部的线条非常硬朗，一看就不是拖泥带水的人，而皮肤却好得像女孩子似的，看来平时没少下功夫保养。陆诗诗盯他盯得出神，突然发现，自己可能是喜欢上他了。

想到这里，她整个脸发烫，心跳加速，拍了拍自己的额头，又一次看向纪谖的脸，觉得根本移不开视线，甚至因为嘴在太近的距离，都差点忍不住想亲上去。

刚想着这个画面要是被他发现就没办法解释的时候，对方像是可以听到自己心里的话一般突然睁开了眼睛。

还心惊胆战着会不会发生电影里出现的十八禁画面，正在脑海中纠结着要不要推开对方，没想到下一秒就被纪谖踹下了床。

是的，真的是用踹的。

毫不怜香惜玉。

陆诗诗只是觉得自己的世界旋转了起来，下一秒就倒在了地上。

她站起来，有些不爽地"切"了一声，只听到纪谖发出淡淡的哼笑声，然后稍微翻了个身就继续睡了。

看着他刚才的样子也不像故意的，可能是下意识的反应，陆诗诗也没有再管他，就自己去刷牙洗澡了。从浴室出来发现他睡得正香，然后自己抱着一床被子和枕头走回浴室，把浴缸打理干净后铺好被子，就躺在里面睡了起来。

也可能是真的困了，竟然根本没有半点折腾就这样在浴缸里睡死了过去。

陆诗诗是个睡觉很容易被吵醒的人，稍微有一点点动静就会醒，也不知道是半夜几点，只觉得突然有个人走进来把她抱了起来，然后把她轻轻放到了床上。陆诗诗有些紧张，毕竟在正常人的思维里被一个男人抱到床上之后百分之九十的剧情都是少儿不宜的，其实已经被吵醒的她只是闭着眼睛假装还睡着，但心脏却怦怦乱跳，呼吸也变得紊乱。谁知道紧张了几分钟后，纪谖什么也没做，只是帮她盖好被子然后躺在一边继续睡了。

平复了一下自己过于激动的内心，过了会儿困意又袭来，加上大床太舒服，所以陆诗诗很快又一次进入了梦乡。

也不知道睡了多久，第二天醒过来的时候，陆诗诗一睁眼，迷迷糊糊地看到纪谖居然手撑着头侧卧着打量她，而且目光极其柔软。

当时陆诗诗的脑海中一片空白，觉得自己是不是没睡醒在做梦，揉了揉眼看着他，发现他正对着自己笑着，还用无比温柔的声线说了声"早安"。

不知道因为尴尬还是害羞，陆诗诗下意识扯过被子盖住脸，感觉整个脸都滚滚发烫，心里还在想会不会自己睡相特别丑，会不会睡觉的时候有什么坏习惯吵醒他了，担心这是不是暴风雨前的温柔。

纪谖嘴角一扯，没有继续理她，起来刷牙洗澡。

突然想起来昨晚是他把自己从浴缸抱到床上，等纪谖从浴室出来的时候，陆诗诗显得特别云淡风轻地问了一声："我后来怎么会睡到床上的，我记得一开始是睡在浴缸的呀？"

纪谚捋了捋头发，回道："昨天抱你出来的时候你不是醒着嘛。"

这下轮到陆诗诗尴尬了，自己装睡被发现不说，还自讨没趣地问了个最后为难自己的问题。

"我……那时候迷迷糊糊的，也不知道究竟发生了什么，你没做什么吧？"

"我才没兴趣对你做什么。"纪谚说着就整理行李，打算回去了。

因为太过尴尬，一整天陆诗诗都刻意回避纪谚，全程都在和赵氏情侣找话说，回到家后招呼也不打就回到自己房间。

纪谚觉得陆诗诗的性格还真是丝毫不会掩饰，简单得让人根本不用猜就看透了。

再怎么也算一起出去旅游睡过一晚的特殊关系，陆诗诗发现纪谚对自己越来越关切，甚至开始琢磨他到底用意为何，是不是对自己别有用心。然而接触越久就越发现是自己想多了，纪谚这个人冷冰冰的，似乎对感情的事情永远不会主动出击，而陆诗诗这种被动的性格更不会主动示好，所以两个人也始终保持着好邻居好朋友的身份没有什么进展。

陆诗诗在学业之余始终不会落下的就是健身，更何况公寓顶楼就有免费的健身房，放着现成的资源不用这绝对不是陆诗诗会做的事。

一天，她在健身房跑步跑得特别猛烈，从跑步机上下来的时候甚至有些脱水,整个人都晕晕的,有些神志不清,路过健身房旁边的娱乐室(专门给公寓住户办活动用的房间)发现正在开派对,陆诗诗一边用颈间的毛巾擦着汗,一边从玻璃门往里面瞄了几眼,还什么都没看清,只觉得肩膀被人拍了一下,吓一跳,回头看到纪谖正一脸意外地看着她。

"你在这儿干吗?"纪谖皱着眉头问道。

"是你的party啊,办'趴'都不叫我,真不够意思。"

纪谖手插裤袋里,随意地回道:"是赵博他们办的,我只是借给了他们门卡,过来随便看看而已。"

正说着,赵博从屋里跑了出来,还拉着纪谖让他赶快回去,看上去喝多的样子,说话有些大声:"快回来了,今天好几个妹子对你有兴趣呢,哈哈哈哈哈哈。"

也不知道他看花眼了还是什么,直接把在一边的陆诗诗和纪谖一起拉了进去,看着派对上各种花枝招展浓妆艳抹的姑娘,一对比素面朝天穿着运动装满身大汗的自己,陆诗诗恨不得赶快滚回家换身衣服化个妆好好打扮一番再来。

整个派对来了二三十号人,赵博和大家介绍了一下陆诗诗,随便聊了一下,之后纪谖就被几个人簇拥着拉去打桌球了,陆诗诗觉得有些无聊,又正好运动完饿了,就跑到旁边去找东西吃。

顶层娱乐室很大,屋内分为三四个群体,一些在玩罚酒游戏,一些在打桌球或玩其他小游戏,还有一些在聊天聊情怀的,陆诗诗觉得她能加入的也只有罚酒游戏了，因为大家都不熟，只有喝酒才不会显得尴尬。

一开始还都没有太放开，等喝了几杯下去所有人都闹腾了起来，把沙发连起来围在壁炉前玩起了老外版的国王游戏，而一直没有加入的纪谖这时候也被几个女生拉了过来，盯着他让他喝酒什么的。

国王游戏本来就过火，而有老外在更是放得开。一开始几个亚洲人还不想有太多肢体接触都选择喝酒，但后来喝高了，就没那么抵触了。陆诗诗一开始都选择喝酒，可能因为看到纪谖这么受欢迎，心里一股不知名的醋意袭来，后来抽中和某个男生互相咬耳朵的时候陆诗诗居然没有拒绝，直接选择挑战了。

陆诗诗全程都在用余光偷偷看纪谖的反应，发现他正表情严肃地望着她，那眼神简直有种"你敢咬耳朵试试"的意味。也不知道为什么，看到这个眼神陆诗诗瞬间就怂了，她对那个男孩子摇摇头，然后改成了喝酒。

这才发现纪谖的表情稍稍放松了一下。

之后在纪谖凶狠的眼神攻势下陆诗诗只能选择一路喝酒到底，喝得整个人都有点神志不清了，开始乱说胡话，纪谖抓着陆诗诗的手把她拖了出去。

"你可以回家了。"纪谖的口吻听上去有些担忧又有些责怪。

陆诗诗笑了笑："好的，是差不多该回去了，你也可以回去和那些姑娘继续打情骂俏了。"

"哪有打情骂俏，"纪谖的脸上有一丝丝笑意，"里面这么昏暗你还能看得那么仔细？眼花了吧。"

陆诗诗摆摆手，独自往自己家走。

纪谖一路跟在后面，直直地看着她的背影。

到家门口才发现钥匙又一次光荣地落在了跑步机上，喝得太多感觉根本没力气回健身房去拿钥匙，陆诗诗在自己家门口傻站着不知如何是好，只得蹲坐在门口。纪谖实在有些看不下去，把陆诗诗拖回了自己家里，当时的陆诗诗几乎是连站都站不稳，进屋后就直接倒在了沙发上。

可能因为十分不爽她一身酒气一身汗没洗澡也没抹消毒液就这么进他家随便躺，纪谖的口气听上去特别凶地吼道："不会喝酒还在那里瞎喝个什么劲儿，脏死了。"

虽然一边这么说，一边还是倒了温水给她，准备了点水果递过去。

"你在这里躺一会儿，我去健身房帮你拿钥匙。"

纪谖说着正要走的时候，陆诗诗内心所有的情绪一下子都翻滚上来。

可能是这段时间受了他太多照顾，变得特别依赖他，也可能是在不知不觉中就对他动了情，总之喝完酒后那些纷扰的情绪越发扩张，直到霸占整个思维，头脑不受控制地来回播放那些纪谖和其他女人之间旖旎的情境。

陆诗诗觉得很委屈，觉得他只要离开一分钟就会不安心。想靠他更近一些，所以当纪谖准备走的时候，她条件反射地抓住他的手臂不让他走。

被这个举动弄得有些茫然，纪谖坐下来，靠得陆诗诗特别近。她虽然有些神志模糊，但却清晰地记得他当时的眼神，柔情得像是要透出水来，眉头微蹙，把手背贴在自己的额头上，嘀咕道："真烫。"

　　陆诗诗觉得自己的心脏瞬间颤了颤，难得见他露出如此温柔的一面，当下的气氛特别煽情，陆诗诗突然有一股冲动想道出她的心思，但又觉得鼻子酸酸的，觉得自己对他这么上心而他对自己爱理不理，感觉又特别委屈，下一秒眼泪就在眼眶里打转，就那么眼泪盈盈深情款款地望着他。

　　纪谖似乎完全被吓到了，睁大双眼看着陆诗诗，有些不知所措。

　　然而这还不算什么，酒精全部集中到脑部，陆诗诗做了件连她自己后来想想都后怕的事。

　　她整个人凑过去，捧着纪谖的脸，吻！了！上！去！

　　没错，陆诗诗就是这样毫无征兆地强吻了纪谖，而且不是蜻蜓点水的浅啄，是忘我的热吻。

　　可能是感情压抑得太久，脑子一热什么都顾不上，只是一种想靠近他把他占为己有的冲动而已，所以就这么毫无美感地吻着在那里不知所措的纪谖。

　　直到后来稍微清醒点了，陆诗诗才意识过来自己在做的事是那么疯狂和羞耻，感觉纪谖整个人僵了一下，然后抓住她的手腕，陆诗诗只觉得自己脸颊滚烫，小心翼翼地睁开眼看向他。

当时两个人的距离非常近，纪谖的眼睛变得很深，眉头微蹙，眼里也不是平时那种冷清的感觉，有点错愕和诧异，还有种说不出的……欲望。陆诗诗想解释刚才的忘我举动，刚开口却被纪谖特别霸气地按住后脑勺封住了唇，这下轮到陆诗诗被惊到了。

本来觉得自己之前的吻已经很奔放了，但和纪谖的这个吻比起来，才知道什么叫真正的狂野的吻。纪谖吻得陆诗诗全身都在战栗，好像被电流击过一般，忍不住发起抖来，心脏快要跳出胸腔，心底毛茸茸的，就连浑身的血液都在沸腾。

正被吻得神魂颠倒的时候，纪谖突然放开了陆诗诗，未等她做出反应就把她一把举到自己肩上扛起来，然后走进厕所把她扔到马桶上，把一旁的浴缸水龙头打开，水声潺潺。纪谖蹲在陆诗诗面前，特别严肃而深沉地看着她，然后一个字一个字地问："你知道你在干什么吗？"

由于过于羞赧，陆诗诗不敢看他，只是轻轻点了点头。

接着他轻笑一声摸着她的头说："别后悔了。"

陆诗诗内心一惊，不知道他这句话到底是在暗示着什么，但总觉得是往不太好的方向发展的。

而这时纪谖突然伸手把她的衣服拉链拉了下来，陆诗诗条件反射地一把打掉他的手特别警觉地问："你要干吗？"

纪谖白了她一眼："你知不知道你身上有多臭，我要被熏死了，快洗澡。"

陆诗诗没好气地看着他："那你还亲我，死洁癖。"

纪谖笑了笑说："嗯……我是不介意亲自帮你洗身子的……"

陆诗诗把他踹开，脸红发烫地说道："不要，你给我出去，滚出去，再见！"

等她梳洗完后时间已经很晚，没办法再回健身房拿钥匙了，而这就意味着陆诗诗又要在纪谖家过夜了，稍微有些酒醒的她居然还有些小窃喜，一回生二回熟，陆诗诗穿着纪谖的睡衣很自然地就去他房里睡觉了。

上一次纪谖是让自己睡的床而他睡的沙发，所以陆诗诗觉得这次应该不会有什么变化，很不客气地往床里一钻。正要睡过去的时候，听到洗漱好的纪谖走过来的声音，只见他直接拉开被子睡在了她的身侧。

陆诗诗整个人坐起来，诧异地看着他："你干吗？"

纪谖的声音略显疲惫："又不是第一次同床了，害什么臊。"

虽然说得没错，但陆诗诗还是觉得很忐忑，总觉得都喝过酒的男女睡在同一张床上不发生些什么才奇怪吧，于是她全程紧张得睡不着，然而听到纪谖的气息很平稳，像是已经睡过去的样子，想着应该是不会发生什么了，陆诗诗也就安心地准备睡去。

可能因为纪谖身上的味道特别好闻，也可能因为喜欢的人在身边总有想靠他更近一些的冲动，于是陆诗诗默默地挪过去紧挨着他。

谁知这时候纪谖冷不丁地开口："你要干吗？"

陆诗诗心里咯噔了一下，搪塞道："我……我冷，取暖来着，你不是睡着了吗？"

只听到纪谖笑了一声，接着转过来把她抱住，两个人靠得特别近，光线很暗，但她却觉得纪谖眼神熠熠，他突然问道："我们相差多少岁来着？四岁？"

陆诗诗点点头。

纪谖接着说："可我怎么总觉得是在欺负一个未成年人。"

陆诗诗不解，纪谖也没再说什么，在她额头上轻轻印了一个吻以后，两个人就抱着对方安心入睡。

虽然也期待着发生些什么，但这样的距离反而更让人觉得温馨。

Episode 04

我喜
欢的

第二天早上，陆诗诗醒来前纪谖已经帮她去健身房拿好钥匙回来了，两人吃完早饭在沙发上稍微温存了会儿陆诗诗就回家了。

回家躺在自己的床上，脑中无论如何都挥之不去昨晚与纪谖的那几个吻。

不知道对方那样的回应到底代表什么，但陆诗诗也不是那种打破砂锅问到底的性格，觉得一切随缘即可，如果真的有进一步发展纪谖应该会主动有些动作才是。

可是一天过去了、两天过去了，甚至一星期过去了，纪谖却完全没有任何表示，没有主动来找陆诗诗，也没有任何慰问和消息。陆诗诗每天上课下课经过纪谖家门口的时候都会故意放慢速度，有时候甚至还会贴着墙听里面的动静，然而毫无半点声音，就像整个人都失踪了一样。

即便每天增加好几次去倒垃圾或者去健身房的次数，还是没有遇到过纪谖，长久下来，陆诗诗心情都变得郁郁寡欢。

人往往带着过多期待的时候，就反而容易失落。往往越是期待的东西，就越是不会发生。

反而是在这件事过去了两个礼拜之后，陆诗诗也把这事忘得八九不离十，却突然在学校的路上遇到赵博，对方和她打了个招呼，却对上她一张不太有精神的脸。

"怎么了？"赵博拍了拍她的肩膀，"看上去心情不太好的样子。"

"没有啊，"陆诗诗也是个自尊心很强的人，不想被别人看透自己因为纪谖的事而闷闷不乐，勉强挤出一个笑来说道，"最近功课压力大。"

"哦，是不是因为纪谖被派到M城实习帮不到你，所以功课没有以前那么容易了呀？"赵博挑了挑眉。

"他去M城了？"陆诗诗抓住了他话中的关键字。

赵博倒是显得有点惊讶："你不知道吗？"

"不知道啊，他没有和我说，"虽然心里有明显的不舒服，但陆诗诗表面看上去还是云淡风轻，"他去哪里也不用关照我吧，反正他那么有洁癖的人也不会放心别人去打扫家里。"

"也是，因为平时可能需要我去给他家鱼换换水什么的，所以他出差之类的也只会告诉我。"

觉得自己在纪谖的世界里没什么存在感，陆诗诗有些黯然失落。

"他去多久回来？"

"不知道啊，"赵博耸耸肩，"是一家他特别中意的医院，好像他说过以后很想去那里上班，所以实习多久可能由不得他做决定了，没准人家觉得他好直接留用了。"

"留用？"陆诗诗惊讶道："那岂不是一直要待在M城了吗？"

"是啊，"赵博点点头，"不过他这种人在哪里都无所谓吧，他一直觉得自己的想法是最重要的，也不太会过多地去考虑别人的感受，或者说别人的想法对他也起不到任何作用。他算是特立独行的人，不太会去咨询别人的意见，他一直很清楚自己要的是什么，好像从来没有看到他失去理智过，上次他喝得那么醉也是第一次见，我还真挺好奇到底是为了什么呢。"

"你和他算最好的朋友了，他还是什么都不会告诉你吗？"

赵博认真地想了想："其实他这个人很讲义气，需要他帮忙的事情他一定二话不说，但他很少会把自己的心里话与别人分享，所以即便是他最好的朋友，我有时候也觉得完全猜不透他心里到底想的是什么。不过我们也习惯了，他也不爱打听别人，可能性格使然吧，向来独来独往。"

陆诗诗听着有些心不在焉，直到赵博把话说完她才回过神来，有气无力地"哦"了一声。

回家的路上陆诗诗拿出手机，想发信息给纪谖，但犹豫再三还是下不去手，其实平时和纪谖的联络就非常少，虽然加了微信但顶多就问一些日常生活的琐事，从来不会带有意图地嘘寒问暖。

觉得自己冒失地问候会显得有些唐突，索性就装作什么都不知道，虽然一直努力想找机会问他一些生活上的事，装出一副不经意的样子来，但这段时间的生活过得意外顺畅。直到某天周六，陆诗诗发现家里的马桶突然堵塞，往常碰到这种情况，她一定第一时间焦虑加上烦躁，而这次她却兴致盎然，觉得终于找到一个突破口，马上打了电话给纪谖。

电话那头响了五六下后被接起。

"纪谖，我家的马桶堵住了，该怎么办呀？"陆诗诗听到他的声音难掩心中的兴奋，故意做出一副很着急的样子来。

"哦，你等一下。"他说完就挂上电话。

陆诗诗还有些云里雾里，几秒钟以后家里的门铃就响了起来。

惊讶大于其他情绪，虽然猜到百分之九十以上的概率是纪谖，但多少有些不敢相信，陆诗诗胆怯地走到门口从猫眼里往外看，确定了是他之后才开了门。

或许是自尊心的驱使，怕他认为这段时间自己对他过于关心，所以故意做出一副不知道他一直不在城里的样子。

"还当你周六出去玩了呢，一大早打扰不好意思了。"陆诗诗致歉道。

纪谖手里拿着一些维修用的工具，也没多说话就径直往里走。

这似乎纪谖还是第一次来自己的家，陆诗诗跟在他后面，一路东张西望顾虑自己的房间是不是看上去很乱，不过好在陆诗诗平时还是个比较勤快的人，加上前几天刚理了理屋子，看上去还算整齐，也算松了口气。

纪谖来到厕所，戴上口罩手套三两下就把马桶修好了，然后做了个很彻底的清洁工作，虽然看不清他的整张脸，但还是可以很清晰地看到他微蹙的眉头，似乎是有些嫌弃的样子。

陆诗诗觉得自己的脸都快烧了起来，毕竟马桶这东西是很隐秘的东西，就算是找专门的技术工也多少会觉得有些不好意思，更别说是纪谖了，所以虽然他全副武装，陆诗诗还是觉得心里有些过意不去。

确定没有问题后，纪谖把手套口罩扔掉，外套脱下来，扔在陆诗诗脸上："洗干净了还给我。"

可能之前还抱着经过那次接吻两个人的关系多少会有些微妙的变化，但这个动作让陆诗诗觉得自己的想法完全是天方夜谭。

纪谖站在陆诗诗的家门口，本以为他会就这么回去，没想到他突然转过身："忙活了半天也不请我喝杯水？"

捧着衣服的陆诗诗这才茫然地回过神来，马上去倒了杯水给他。

喝完水后纪谖环视了一下她的家，最后定格在玄关旁边的鞋柜上，由于有时候回来太累陆诗诗一直把鞋子随意一踢就进房间，因此鞋柜上都是东倒西歪的鞋子。发现他正在看那里，陆诗诗马上跑过去挡住他的视线，干笑一声："我会整理的。"

纪谖朝她皱皱眉："一个女孩子家这么乱，没救了。"

陆诗诗被他说得低下头去，像是犯了错的孩子一样，脸颊被烧得通红。

"有空我来帮你一起整理吧。"纪谖说着眼角一松，看上去像是带有微笑一般。

两个人也没再说什么，纪谖就回自己家了。

像是见不得人的事情被人发现一样，陆诗诗立刻决定给家里来个彻底的大扫除，虽然做不到像纪谖那样弄得一尘不染，但至少家里的摆设要整齐排放，一眼看上去不能给人邋遢的感觉。

晚上拿着洗干净的衣服去隔壁敲门，不一会儿纪谖就跑来开门。

他穿着白色的T恤衫和牛仔裤，看上去青春干净。

"衣服洗好了，谢谢你今天帮忙，"陆诗诗把衣服递过去，"有空请你吃饭。"

纪谖看了看时间:"的确快到吃饭时间了。"

"那你想吃什么?我们这就出去吧。"

"不高兴出去,"纪谖双手环胸饶有兴致地看着陆诗诗,"还是在家吃好,你会做饭吗?"

"我?"陆诗诗指着自己的鼻子,"我只会做很简单的pasta之类的。"

"那就pasta吧,"纪谖说着身子往旁边一挪,做出一副邀请她进来的样子,"正好我家有材料,你来做吧。"

其实陆诗诗平时都是买的现成酱汁,把意大利面煮熟之后往上面一浇就完事,但看纪谖这种这么追求生活品质的人应该不会满足于酱汁罐头,怕自己丢人现眼,但无奈已经被逼上梁山,好像也无法推托了。

一路很小步地走到厨房前傻站着,等纪谖拿出意大利面、番茄和一些海鲜以及配料给她,如她所料,果然不是她的傻瓜做法,她有些不知所措地站在原地。

"我去看会儿书,你烧好了叫我。"似乎意识到他的在场会让陆诗诗更加寸步难行,纪谖很自觉地离开。

陆诗诗拿起手机马上搜索了菜谱,一边研究一边手忙脚乱地做了起来。

纪谖只听到厨房里传来各种奇奇怪怪的声音,一会儿有尖叫声,一会儿有锅碗瓢盆的声音,一会儿还能听见刀叉掉地上的声音,还时不时会听到陆诗诗的"啊呀"声,他知道今天的晚餐肯定会很糟糕,有些无奈地笑了笑。

忙活了好半天,也总算把生的东西烧熟了,但陆诗诗看着面前自己烧的pasta,实在没有叫纪谖来吃的勇气。

色香味样样不全,光是闻味道就没什么食欲。

倒是纪谖像掐准了时间一样,走过来看了一眼,脸上没什么表情,伸出手问陆诗诗要了叉子。

陆诗诗慢悠悠地递过去之后,看着他转了一小口,慢慢送进口中。

没有任何期待,倒是有种胆怯,怕他又对自己恶语相向。

只见纪谖稍微皱了皱眉头,然后看着陆诗诗,做了个让她自己尝尝的动作。

陆诗诗抿了抿唇,尝了一口,真的是很难吃。

"对不起,我平时只会做浇现成酱汁的那种pasta。"陆诗诗低下头,看上去很委屈的样子。

纪谖微微笑了笑:"怎么不早说,我家有酱汁啊。"

责骂并没有如期而至,反而让陆诗诗有些受宠若惊。

"不过的确不好吃,"纪谖看了看时间,"现在重新做也来不及了,要不煮方便面吃吧。"

方便面是留学生都很喜爱的食物,美味管饱,但由于不太健康,所以陆妈在她出国前再三关照不许常吃，陆诗诗到这里来后还真没吃过。

本以为纪谖这种人家里应该不会囤有这种东西，陆诗诗倒是有些意外。

"你吃辣的还是不辣的？"纪谖找了两种口味的方便面放在陆诗诗面前。

"不辣的。"陆诗诗脸上有掩饰不住的兴奋。

纪谖拆了两包不辣的方便面，他这个人就连吃方便面都很讲究，因为面饼上会有些防腐剂，所以他先用水洗一次再煮，还会在里面放鸡蛋和一些配菜，最后盛在碗里放上装饰，方便面都可以吃出五星级酒店的效果。

"哇……"陆诗诗看到端到面前的方便面不禁感叹道，"看上去好好吃啊。"

"还是少吃点，你平时一直吃吗？"

陆诗诗摇摇头："不太吃，一般学校上完课就在那里附近随便找家餐厅吃完才回家。"

纪谖摇摇头："也没想过自己做饭吗？"

"没时间，而且我又懒。"

"一直在外面吃也不健康，而且这里的东西卡路里重很容易吃胖的，以后如果你在家没饭吃告诉我一下，大不了我做两份咯。"

听到纪谖发出这样的邀约，陆诗诗简直觉得自己快高兴得上天了。

约来家里吃饭似乎是关系亲密的人才会做的事，不想自己心里的喜悦太过暴露，陆诗诗装出一副矜持的样子："太麻烦你了吧。"

"怎么废话这么多，扭扭捏捏的。"纪谖还是那种居高临下的态度，或许知道别人不好意思很直白地接受他的好，所以喜欢用这种命令式的口吻，让人无法拒绝。

果然这招对陆诗诗是有用的，就她这种扭捏的性格绝对不会直接妥协，反而听了纪谖这样的口气之后便没有任何觉得不妥的地方，好像是理所当然一般。

"好啊，最好下次来蹭饭的时候别被你拒之门外。"陆诗诗抬起头，嘟着嘴说道。

"快吃吧，别凉了。"纪谖无奈地指着她的碗说道。

陆诗诗吃上第一口的时候，突然觉得浑身上下都充满了幸福感。

虽然不能算是人间极品的美味，但是冬日外面下着雪，屋内暖洋洋的，对面坐着喜欢的人，这样的氛围真的让一碗简单的方便面都变得充满了数不尽的爱意。

好吃得差点要流下眼泪。

陆诗诗抬眼，看着坐在她对面的纪谖，觉得朦胧又美好。

她很想开口问关于那个吻代表了什么，很想问现在两人算什么关系，但害怕会破坏此时的气氛，又害怕得不到满意的答复，所以还是全部闷在肚子里，没有问出口。

把面吃完，纪谖在那里独自收拾碗筷，陆诗诗有些无所适从，不知道自己该不该走，毕竟如果不走，吃完晚饭之后的节目不应该是洗澡睡觉吗。何况又不是被邀请来的，这样赖着不走也显得太不要脸了一点。

陆诗诗想趁着纪谖洗完碗转身的时候和他道个别，没想到纪谖神不知鬼不觉地切了一些水果，递到陆诗诗面前。

"多吃些，营养均衡。"

陆诗诗接过水果，吃完后，纪谖坐到她的对面不说话只看着她。

这样的距离和眼神让陆诗诗有点心跳加速，眼神不知道该往哪里看，左顾右盼最后落到纪谖脸上。

这样旖旎的场景似乎是无数电影中吻戏的开场。

陆诗诗不知道这个时候是不是该闭上眼或给对方一些其他暗示，又怕对方其实并没有这样的想法，但只是这样互相坐着对视不说话也显得有些尴尬。

须臾，纪谖伸出手，靠近她的脸，陆诗诗下意识往后退了些，纪谖便一把抓住她的脸，在嘴角抹了抹："吃到嘴角旁边去了，蠢蛋。"

好像纪谖永远有这种可以轻易化解尴尬场景的本事，刚才所有的气氛一下子被打破，陆诗诗抽了张纸巾抹了抹嘴角，然后有些羞涩地说道："谢谢招待啊，我回去了。"

纪谖也没有起立送人，也没有挽留，只是坐在那里看着她。

走到门口，陆诗诗突然停下脚步，其实她很想问这些天纪谖都去了哪里，但事实是她的确没有找过他，也是从赵博那里听到他离开一段时间的事情，如果就这么冒昧地问，总显得目的性很强，所以犹豫了片刻，她还是没再说什么开门回去了。

回到家后其实陆诗诗还是有些失落的，之前那段时间如果可以以纪谖忙于实习没空解释来自我安慰的话，那刚才活生生的人就在面前也没有任何表示，可能真的只能说明那个吻什么都无法代表。或许那天只是因为大家都喝得有些迷离，而在酒精作用下做出的行为并没有百分之百的说服力；又或许是因为纪谖在国外生活久了，对于男女感情的事情看得特别淡，只是一个简单的吻并不能成为确定关系的有力证据或是必要条件；又或许这样的事在他身上发生过无数次，毕竟在一个连一夜情都算不上什么的地方，一个简单的吻可能根本不需要多少感情。

想到这里，陆诗诗突然有些难过，可能是自己的思想保守，从小受的教育不同，她觉得女生只会和自己喜欢的男生拥抱接吻，而她是真的很喜欢纪谖，希望表达自己的感情才会克制不住去吻他的，也不知道他会不会觉得自己是个特别随便的女生，两个人之前那种简单友好的关系会不会因为这个举动有所变化。

不知道之后该以什么样的身份和态度去面对纪谖，陆诗诗一个人在那里辗转反侧脑补各种画面。

不知道纪谖这次是短暂回来度个周末还是实习结束恢复正常生活了，可能是因为喜欢一个人就会有很强烈的占有欲，之前纪谖在哪里、做什么陆诗诗是完全不关心的，如今哪怕是到了饭点她都会在想纪谖有没有按时吃饭,晚上也经常竖起耳朵听外面有没有任何动静。

就这样过了几天,周五晚上陆诗诗健身回来,正好遇见外出买菜回来的纪谖,看到她这个点刚回来,猜到她并没有吃饭,于是主动邀请道:"要不要一起吃饭?"

陆诗诗抹了抹汗,不客气地点点头。

回家洗了个澡,换了身衣服后清清爽爽地跑到隔壁敲了纪谖的门,对方一打开门就闻到一股浓郁的香气,陆诗诗夸张地嗅了嗅,叫道:"哇,好香哦。"

她把视线移到桌上,桌上放着两块娇嫩欲滴的牛排,旁边还倒了些红酒,桌上点着蜡烛,怎么看都像烛光晚餐,让陆诗诗有些紧张得迈不开脚步。

她舔了舔嘴唇,深深吞了口唾沫:"这么豪华的晚餐啊。"

纪谖在吧台收拾好走过来,表情很轻松的样子:"一直这么吃啊,今天因为牛排打折,所以多买了一块,正好看到你,所以叫上一起咯。"

陆诗诗坐到桌前,眼睛里全然只有那块牛排而已。

"吃吧。"纪谖看穿了她眼里掩饰不住的食欲,干笑了一下。

陆诗诗也不客气,拿起刀叉就开动起来。

其实吃相是一种很重要的修养,还记得刚认识的时候陆诗诗在纪谖面前吃饭都不会用力嚼,东西都会切得很小块才下口。渐渐熟悉了之后有些习惯也开始暴露,陆诗诗似乎没有一开始那么注重形象了,虽然不能说是狼吞虎咽,但绝对和淑女形象背道而驰。

可能因为自己做的饭,看到对面的人吃得这么津津有味反而有些成就感,纪谖一边品着牛排一边欣赏着对面的陆诗诗。

吃完牛排喝完红酒的陆诗诗才后知后觉地发现纪谖才吃了一半,怪不好意思的她立刻解释道:"啊,牛排实在太好吃了,所以闷声不响就一口气吃完了。"

纪谖倒也不觉得有什么不妥,毕竟是在家里,该怎么样就怎么样,不用太拘束,他只是手指指了一下一边的红酒:"牛排没了,要不要再来点酒?"

陆诗诗一个劲点头,自己倒上酒后又一口气闷完。

觉得有些眩晕,陆诗诗说话的声音都变响了,她的脸上有明显的红晕,整个人看上去倒是显得气色特别好的样子。

她拿起酒杯又想往里倒,被纪谖抓住了手。

"少喝点,别醉了。"

陆诗诗看着他,也不知道他是担心自己会发酒疯怕麻烦还是真的关心她,甩了甩他的手,瞪了他一眼说道:"放心,不会乱来的。"

纪谖也拿她没有办法,任凭她倒上大半杯喝完。

可能是喝过酒,人的心理防线会降低,说话的时候也不会像平时那样需要考虑万分,陆诗诗举起已经喝空了的酒杯,看着纪谖说:"你下次准备什么时候再一声不吭地走啊?"

纪谩切牛排的动作停顿了一下，徐徐抬头看她："本来就打算去短期实习而已，所以就没告诉你。"

"如果不是听赵博说我还真不知道呢，"陆诗诗自嘲般笑了一声，"不过想想你也并没有什么一定要告诉我的道理，关于你的事我也从来没有听你主动说起过，说到底也只是普通的邻居关系，所以你也没有必要和我报备什么。"

纪谩放下了手中的刀叉，正色看着陆诗诗。

被他这种眼神看着，陆诗诗有点像做错事的孩子一样，下意识往后逃，还小心翼翼地问道："怎么了？我说错了什么吗？"

"没有，"纪谩摇了摇头说，"这次的确收到通知比较仓促，我也没来得及和你说。"

"我不是这个意思，"陆诗诗摆摆手，"我不是在纠结你出去告不告诉我的事，我只是……只是……"

"只是什么？"

陆诗诗没办法把话接下去，想开口问两人到底算什么关系，但似乎无论如何这句话都堵在喉咙说不上来。

见到她的表情，纪谩也多少猜到她的心思，只是现在的他真的不知道如何去回应，微微叹了口气说道："我现在没有办法给你任何承诺。"

陆诗诗语塞地看着他。

这个回答不算最好的，但也不能算最糟糕的。

至少证明了纪谖并没有把她当成是个酒后放纵的对象，只是可能有种种原因，现在无法以情侣的身份在一起。

陆诗诗没有失望，她知道纪谖不是那种会以酒醉为借口轻易推卸责任的人，可能正是因为他太清楚自己要什么了，所以陆诗诗的出现根本不在他的规划之内。

反而突然觉得这样才更像纪谖的性格，不会因为一时脑热就去轻易地决定一件事情。

其实纪谖什么都没有解释，但一瞬间陆诗诗似乎被自己说服一般，有种恍然大悟的感觉。

"好，我知道了，对不起，我今天有些多话，我并没有什么别的意思，我只是……可能只是感觉你不住在隔壁没有安全感吧，就好像前几天家里马桶堵了，如果你不在我会不知所措。虽然我不是那种什么事都要靠别人的人，但我总觉得有你在身边感觉很安心，仅此而已，并没有什么其他想法，你也不必太放在心上。"

听到她的这番话，纪谖突然觉得有些心疼，他嘴角微微牵了牵，淡淡笑道："我知道，这次的实习期结束了，我家电话和我的其他联系方式你都有，你可以随时找我，都能帮你。"

陆诗诗点点头："我知道了，打扰了。"

她回家的时候，纪谖并没有挽留。

因为他知道如果不能给她承诺，那挽留便没有任何作用。

两人生命的轨迹往意料之外的方向发展，叫人措手不及，就像两条相距甚远的线条一直延伸，最后触碰到一起一样，只是不知道会不会在这之后继续渐行渐远，然后从此消失在另一个人的世界中。

　　可能对于女生来说，爱情就是很简单的感觉，只要感觉对了不会考虑太多其他的东西，当下的想法就是想和那个人在一起，热恋的时候觉得为了爱愿意与全世界为敌，相信自己会无怨无悔。相对来说，男生思考的角度更加理性，如果见不到明确的未来，索性在一开始就不会去冒险花费这种无意义的精力。

　　然而陆诗诗并没有气馁，反倒觉得纪谖这样的男生身边应该从来没有缺过姑娘，也应该从来没有主动追求过任何人，在感情方面给人也是不冷不热的感觉，应该不会为此花太多工夫，所以要追到纪谖，还得自己主动才行。

　　毕竟对方并没有明确地拒绝或接受，那种模棱两可的态度表示还有一些需要考虑的客观因素，又或许纪谖是个特别慢热的人，现在对陆诗诗只是单纯有好感，没有上升到喜欢的层面，也不想在感情方面显得太随便，需要经过一些时间慢慢培养起来。

　　陆诗诗觉得可能是自己太过着急，反而起到了反效果，想起之前纪谖就是因为嫌前女友太黏人而分手的，所以陆诗诗之后一段时间并没有主动去打扰纪谖，还是维持着那种见面会打招呼的友好状态，偶尔去健身房或是桑拿房的时候会遇到，但陆诗诗也大多就是和他打个照面，并没有过更多的接触。

不同于在国内,国外的圣诞节就是一年最热闹的节日,家人朋友都要聚在一起,公司学校也从圣诞前一周开始有两到三周的休假。刚出国的陆诗诗并没有习惯过圣诞节,家里也没有半点装饰,由于时间不算太长也并不想回国,想借此机会顺便好好逛逛这个地方。

在国内生活久了,多少会觉得国外的日子只要不是被学业压得喘不过气就会悠闲到有些无聊。

陆诗诗在家休息了一个星期,放假的时候就收到了平安夜去朋友家玩的邀约,想着虽然自己平时不过这节,但既然人来了这里,也要入乡随俗。

平安夜那天,大家都穿得很喜庆,陆诗诗也把大红色的大衣换上,中午就出门准备去朋友家,开门的时候遇见了正好也打算出门的纪谖。

他倒还是穿着一身黑色的大衣,身上看不到任何节日的气息。

"去哪儿?"纪谖一边锁门,一边听上去像是不经意地问。

"朋友家里,你平安夜过吗?"

"当然过了,我信基督教的。"

陆诗诗点点头:"之前不知道啊。"

"信仰在心里,又不是一定要每周做礼拜才虔诚。"

两个人并排往下走着。

"你今天是去朋友家吗?"陆诗诗问。

纪谖摇头:"他们来我家,每年的惯例了,其实都是来蹭饭的。"

"那一定很热闹吧。"

"本来想叫你的,"纪谖看了她一眼,"以为你今晚没地方去,想晚些准备好叫你的。"

陆诗诗挠了挠后脑勺:"这种这么盛大的事情要提前告诉我的呀。"

纪谖点点头:"嗯,下次会提前叫你,对了,你去哪儿,我开车送你过去吧。"

"哦,好呀。"陆诗诗也没客气,本来出门就不方便,有个人送一程何乐而不为。

路上两人聊了些有的没的,到目的地的时候陆诗诗并没有马上下车,而是看了纪谖一眼,好像是有些不舍。

"你这里什么时候结束,不方便回来的话要我来接你吗?"

陆诗诗摇摇头:"不会,这里的朋友会送我回去的,我们不会结束得很晚的。"

"我们这里晚上应该会通宵看片子,有兴趣结束后可以一起来。"

陆诗诗觉得平安夜这种温馨的日子和一群人一起过夜应该是个不错的选择,于是答应了下来。

可能是心里一直待着晚上的活动,所以吃完晚饭陆诗诗就急匆匆地赶回去了。

回家洗了个澡,陆诗诗换了身干净的比较居家的衣服,敲开了隔壁的门。

开门的是赵博,看到她来以后甚是热情,马上招呼纪谖来接待,而此时纪谖正被两个美女围住抽不开身,坐在地上朝陆诗诗挥了挥手让她坐过去。

陆诗诗稍微环顾了一下四周,有十几个人的样子,男女比例五五开,除了赵博和他女朋友之外一个都不认识。

她有些尴尬地走到吧台随手拿了一杯先前调好的玛格丽特,纪谖看了看时间,拍了拍手站起来说道:"差不多时间看片子了吧?"

"好啊,"赵博呼应道,"今年看什么呢?"

"想想我们看过的主题,有战争片、爱情片、动画片、喜剧片,去年看的好像是文艺片,太无聊了搞得后面睡着一片,今年看点能提起精神的吧。"

"要不就鬼片吧。"坐在纪谖旁边的一个女孩子说道。

陆诗诗听到"鬼片"两个字的时候,手上的杯子差点吓得掉下去,从小到大她都没看过鬼片,虽然并不是害怕世界有这种特殊东西的存在,独居以来也从没有碰到过什么诡异的事情,自己也不是特别胆小的性格,但以前也听过鬼故事,为此失眠也不是没有过。因此陆诗诗一直对鬼片有一些抵触。但看大家兴致都很高,实在不好意思破坏了气氛,只是期望此时有人站出来拒绝,这样她才可以遥相呼应,然而大家似乎都对这个提议出奇地支持,所有人都聚精会神地拿着饮料围坐到客厅的投影前。

纪谖无意间瞥了一眼陆诗诗,看出了她脸上的顾虑,走过去问道:

"你没事吧？"

陆诗诗似乎是因为拉不下面子，也不想让大家扫兴，迎合地笑着说道："没事，我不害怕的。"

纪谖也不是那么好骗的，他看出了陆诗诗脸上的不自然，拍拍她的肩："没事，你一会儿坐我旁边，不想看就往我身后躲就行了。"

陆诗诗看着他，有些感激地点点头。

本来想着看那些血腥片还能接受，没想到大家都很重口味地选择了日本的《咒怨》系列，陆诗诗虽然没有看过，但一直听人说起这个系列的恐怖与变态的程度。

大家把房间的灯全部关掉，坐到地上，投影上的画面昏暗，声音也调得很大声。

这样的氛围与平安夜实在不相称，但大家聚在一起，总比一个人寂寞着好。

整部片子的基调都很灰暗压抑，陆诗诗才看了个开头就没有勇气坚持下去，她选在一个最角落的靠窗位置，左边是纪谖，屋子里开了很足的暖气，一开始还有些琐碎的聊天的声音，但随着影片的推进气氛变得紧张，屋子里所有人的表情也凝重起来。

鬼故事最可怕的并不是鬼的装扮多吓人，说到底都是人扮的，只是在音乐的烘托下，你不知道"它"什么时候会出其不意地吓你一跳，而日本的鬼片并不是单单从视觉上让人觉得恐惧，而是从心理上，让你看完片子，不管上厕所还是睡觉都会从内心深处产生恐惧感，总会给你一种莫名的代入感，更甚者就像《咒怨》，里面伽椰子的声音和形象能久久挥之不去。

陆诗诗看到几个吓人的镜头后有些失魂落魄，后半场几乎全程躲在纪谖身后，然而原本并没有坐纪谖身边的几个姑娘也借着害怕的借口移动过来。

陆诗诗觉得这个夜晚很难熬，虽然没有看画面，但光是听到房间里传来的那些阴森恐怖的声音就足够让她心惊胆战了。

电影看到后半场，似乎大家都有些疲倦而麻木了，有几个已经歪歪倒倒睡着了，陆诗诗也把头靠在沙发上睡了。

纪谖回过头看到陆诗诗的姿势，把她稍微扶正，给她披上毯子。

到后面大家都完全无视了影片里伽椰子狰狞的脸，东倒西歪地在纪谖家的客厅里睡了起来。陆诗诗再一次醒过来的时候天都有些亮了。

她看到房间里的人几乎全部睡着了，但投影上还在放着恐怖的画面，她不敢看，于是很大力地用毯子遮住脸，可能是动作幅度太大，把身边的纪谖吵醒了。

他揉了揉惺忪的眼，看了一下周围，发现只有陆诗诗一个人醒着，抱住她的后脑勺到自己的肩膀处："明明不敢看，干吗不告诉我。"

"我不想扫大家的兴啊。"陆诗诗有些无辜地说着。

"会不会害怕？"纪谖轻轻拍了拍她的头。

陆诗诗没有信心地摇了摇头："现在大家都在，不会害怕，但不知道回去晚上一个人会不会不敢睡觉。"

"不敢睡的话我就在隔壁咯，来找我就行了。"

陆诗诗觉得这个暗示有些暧昧又带着些温馨，笑着轻轻点点头。

可能是太累，陆诗诗之后又迷迷糊糊地睡着了，醒过来的时候纪谖已经准备好所有人的早餐，投影也收了起来。

所有人吃完饭后都陆续回家了，因为陆诗诗住得最近，所以主动提出要帮他收拾屋子，便是最后一个走的。

把客人都送完，屋内就剩他们两个人，陆诗诗突然觉得有种夫妻两人把招待的客人送走后要一起整理屋子的错觉。

"没想到你这么爱干净的人倒是同意这么多人来你家，也不怕弄脏吗？"陆诗诗一边收着杯子一边说。

"没办法，一年也就平安夜这么一次。"

陆诗诗帮他洗着杯子，问道："你洗杯子有没有什么特殊的讲究？"

"没有，洗干净就行了。"

陆诗诗觉得他对"干净"的定位应该和自己对"干净"的定位是不一样的，所以她每个杯子都要洗三次，然后擦得干净到没有任何指纹为止。

把房间整个来了个大扫除，收拾完的时候发现已经下午三点了，陆诗诗觉得浑身腰酸背痛，捶了捶腰，打了个哈欠。

"累了吧，一晚上没好好睡，你要不先回去洗个热水澡睡一觉，剩下的我自己来。"

陆诗诗看着已经彻底干净的屋子，不解地问道："都已经干净了呀，还有什么要弄的吗？"

纪谡翻了她一个白眼："刚才只是用地宝把地板简单扫了一下，我的地板是要手动一点点擦的。"

陆诗诗脑补了他蹲在地上小媳妇样擦地板的样子，觉得有些有趣，提议想一起却被纪谡一口回绝："我擦地板的时候不喜欢别人在旁边走来走去，你赶紧回去。"

陆诗诗努努嘴，觉得实在是困，又怕自己在这里真的会给他造成不方便，于是只能悻悻离开。

回家后陆诗诗很听话地洗了个澡倒头就睡，一直睡到凌晨三点。

其实她睡醒的那一刻就有些后悔了，下午再困都不能直接入睡，因为睡饱之后一定天还没亮，而在这种尴尬的时间段醒来，连想找个人陪着聊聊天都找不到。

陆诗诗拿出手机，敲了几个平时关系好的朋友都没有回应，想着应该都睡死过去了，也不知道是不是错觉，陆诗诗觉得今天的房间特别阴冷，开了最强的暖气还是觉得冷得发抖。

陆诗诗用被子把自己裹起来，整个人闷到被子里面，但脑中忍不住反复播放着恐怖片里那些惊悚的画面，越想越害怕，差点哭了出来。

她颤抖着拿出手机，发了个朋友圈问还有谁醒着，能不能来聊聊天，期待着有人回应的时候，突然自己房间的门铃响了。

她吓得整个人往后缩成一团，脑海中浮现出千千万万个恐怖的画面，甚至还脑补了门外不知是人是鬼的长相，吓得动都不敢动一下。

见没人开门，门铃又响了一下。

陆诗诗吓得想把自己拍晕，她跌跌撞撞地站起来，随手拿了一把长柄伞走到门口，深深咽了口唾沫，一步一步缓慢地往前挪动。

陆诗诗手里紧紧捏着长柄伞，觉得如果"它"破门而入的话大不了拼个你死我活。

她徐徐往猫眼移动，刚想往外看门外是谁，刚才放在屋内的手机又突然响起。

短短的几分钟之内她的心跳近乎突破极限，正犹豫不决着去接电话还是开门的时候，门外传来一个熟悉的声音在叫着她的名字。

"纪谖？"陆诗诗连忙打开门，看到正举着电话在耳边有些震惊的纪谖的脸，才猛地安下心来，"是你啊，吓死我了。"

纪谖按掉电话，屋内的手机铃声也同时安静下来："你不是说睡不着嘛，我担心你来看看。"

"现在是半夜三点，你怎么还没睡？"

纪谖不客气地脱鞋进门："我刚打扫完准备睡，想睡前看一下手机就看到你的朋友圈了。"

陆诗诗瞪着眼睛看着他问："你刚打扫完？"

"是啊，"纪谖耸耸肩，"不打扫干净我是睡不着的。"

陆诗诗跟在他身后问道："渴不渴，要不要喝什么？"

纪谖摇摇头："我猜你从下午睡到现在，醒了肯定怕得睡不着。"

完全被他猜中，陆诗诗有些不好意思，把手中的长柄伞随意一放，用干笑掩饰自己的尴尬："之前的确没有半夜醒来过，何况昨天刚看完恐怖片，有些害怕也是自然的嘛。"

纪谖打了个哈欠，整个人躺在陆诗诗家的太妃椅上："有个人陪你应该不会害怕了吧？"

"你刚打扫完，应该很累了吧，要不你去睡，我应该没问题了。"

"你这样我可不放心，"纪谖睨了她一眼，"到时候我躺回去你又发朋友圈说睡不着，然后和大家说都怪我让你平安夜看了恐怖片。既然我是起因，那造成的后果我也要负责咯。"

陆诗诗觉得有些无法反驳，但又不忍心他累了这么久不能睡觉，想了片刻对他说道："要不你去我床上睡吧，我在旁边看会儿书，有个人一起我也不会怕了。"

纪谖闭着眼睛，双手支在后脑勺，沉默了须臾问道："你的床单多久洗一次？"

陆诗诗翻了个白眼，搞了半天他是嫌自己的床不干净才不躺，觉得自己好心没有好报，有些生气地回道："一个星期没换了，我家也没有备用床单，你爱睡不睡吧。"

纪谖笑了笑，站起来往她房间走："开玩笑的，反正我也还没洗澡，正好睡醒了明天帮你洗床单。"

这个回答倒是有些出乎陆诗诗的意料，由于纪谖和陆诗诗的房型除了左右颠倒以外几乎一样，所以纪谖熟门熟路地来到了陆诗诗的房间，毫不客气地往床上一躺，马上就闭上了眼睛。

陆诗诗看他没有了动静，关上房门，走到一边的写字台，打开了昏暗的暖色灯，随手拿起一本书就读了起来。

说来也奇怪，刚才的恐惧感全部一消而散，内心尽是平静。

好像纪谖这个人给人的感觉虽然高高在上捉摸不透，但只要他在自己身边的时候，就会无比安心。

陆诗诗一开始还认真地看了两页书，但渐渐她觉得纪谖的呼吸变得平稳，想着他可能睡着了，一股莫名的力气拉着陆诗诗去他身边。

陆诗诗蹑手蹑脚地走到床边，把纪谖身上的被子盖严实，在他旁边坐了下来，侧过头看着他。

说来也奇怪，这张睡颜像是有魔力一般，吸引着陆诗诗的眼睛，让她片刻也不舍得挪开。

他的睫毛很长很浓密，所以闭起眼睛的时候也特别迷人。

陆诗诗又突然想起了之前的那个吻，纪谖这个人虽然挑剔又毒舌，但感觉得出他其实是个内心特别细腻的人，很多时候他为别人做的事，会以一种似乎不友好的方式表达，但他的内心深处却很简单善良。

虽然还是学生,并没有接触太多的社会的复杂,但陆诗诗觉得纪谖这个人即使社会再怎么变,他还是不会变的。

他确定的东西没有人能够左右,他决定的事情没有放弃的借口。

其实自己就很想成为这样的人,但无奈她太在意别人的眼光,太在意一些无关紧要的人或事,很多事情并不能照着自己的初心去做,就好像喜欢纪谖这件事,她会担心若是两人不能在一起会不会连做邻居都变得很尴尬,会不会之后连现在的距离都不如,所以一直不敢往前跨出那一步。

陆诗诗也不知道自己到底对着纪谖的睡颜看了多久,她从睫毛慢慢往下移,最后视线定格在他的薄唇上。

她闭上眼,在脑海中细细回忆那晚嘴唇的触感,但可能因为那天喝了酒的关系,所有的感觉都有些飘忽而不真切,无论如何都想不起那个吻真实的感觉,而越是想着,就越是想再体会一次。

陆诗诗睁开眼,看着纪谖,慢慢凑了过去,听着呼吸声均匀而微弱,确定他是睡着了,于是没有再多想,把自己的唇印了上去,贴合着他的唇。

柔软的触感,干净的呼吸味道,让陆诗诗不舍得移开。

若不是怕对方醒来,陆诗诗可能会更加忘我地吻着,但到底是没有经过对方同意的做法,感觉有些像小偷一样,匆匆地就离开了他的嘴唇,紧张地盯着他看,好在他的呼吸没有任何变化,看来应该并没有被发现。

说不上来,她心里有些失落,又有些庆幸。

Episode 05

若即
若离

陆诗诗在他身边躺下,虽然人完全不困,但就这么躺着闭着眼也能感受到时间流逝的美好。

好像和他在一起即便什么都不做时间也会过得飞快,不知不觉天就亮了,陆诗诗睁开眼,看着身边的纪谖睡得很香的样子没忍心打扰,轻身起来后去厨房煮了鸡蛋切了些水果。

纪谖的生物钟很准,即使再晚睡,早上八点半还是会准时醒来。

本想起来做早餐,一早看到陆诗诗在厨房忙碌的背影有些惊讶,可能是每天早上习惯了起床独自做早餐,所以突然看到这个画面纪谖还觉得有些不真实。

听到了声音,陆诗诗转过头看着他:"这么早就醒了?我早餐还没做完呢。"

纪谖伸了个懒腰:"生物钟准时,每天这个时候就要起床吃早饭。"

陆诗诗让他先回自己家洗漱,然后在短短时间内急匆匆地把早餐弄完,等纪谖回来的时候,陆诗诗像是考了试等老师批阅答案的学生一样,等待纪谖的评价。

她学着那时纪谖做给自己的早餐,煎了培根,用黄油炒了蛋,放了两片烤好的面包,还切了些品种繁多的水果。

纪谖拿起叉子,吃了一口陆诗诗炒的蛋之后不由得眉头一蹙,但也没说什么,接着吃了口培根,表情看上去更凝重了,最后他还是决定面包就着水果吃。

虽然没用语言表达,但是他刚才的两个表情已经足以表达他的评价了。

陆诗诗垂头丧气地自己吃了一口,果然说不出的难吃。

她觉得自己很没用,明明那么努力却得不到任何认可的感觉让人很不好受,习惯了批判和讽刺的纪谖这次却破天荒地没有吐槽陆诗诗,倒是吃完后主动帮她洗盘子整理厨房。

"我看你也别学烹饪了。"收拾完,纪谖终于开口说道。

陆诗诗知道他又要开始打击自己了,装作听不到的样子,很不情愿地走到沙发上抱着抱枕坐下,窝在沙发里看上去垂头丧气的样子。

纪谖把手洗干净,用毛巾擦干走到她身边坐下:"你就找个会烧饭的男朋友就行了。"

这话倒是和自己想象中的不一样,陆诗诗眨眨眼睛看着他:"去哪儿找?"

纪谖眼睛往别的地方看,面无表情:"问我干吗,我又没找过。"

陆诗诗扑哧笑了一声,然后表情又恢复到之前的无辜样:"你有空还是教教我吧,这样不至于饿死。"

"行啊,但是学费怎么算呢?"纪谖朝她挑挑眉。

"要不我帮你打扫屋子?"陆诗诗凑过去,兴致盎然地看着他。

"算了吧,你打扫的我也不放心,你只能做做苦力了。"

"什么苦力?"陆诗诗追问道。

"陪我去逛街买衣服，"纪谖说着抓起陆诗诗的手腕就站起来，"很久没去逛街了。"

"今天正好是Boxing Day（节礼日），商场都打折，你不说我都忘记了呢，"说到逛街陆诗诗就提起兴致来，"来这里之后还没有好好逛过街呢。"

纪谖开车带她来到这座城市最大的商场，规模比国内最大的商场还大一倍，陆诗诗一来就被这阵势给吓到了。

由于是Boxing Day，所以商场特别火热，很多牌子门口都要排队才能进入。

"哇，这里的人也这么爱逛街啊，我一直觉得只有国内才会有这么劲爆的购物热潮呢。"

"平时都不会这么热闹，但是Boxing Day所有商店都会有打折活动，而且又逢放假，基本这一天大家都会出来逛街买东西。"纪谖解释道。

在国内的时候就一直听说国外的Boxing Day盛况空前了，今天陆诗诗能够亲自体验到，也觉得是一种特殊的经历。

虽说是陪纪谖来买衣服，但陆诗诗每每看到女装商店都忍不住进去逛一番，到后面甚至忘记自己是陪纪谖来逛街的，有点反客为主的意思。

大包小包买了很多东西之后才意识到一边两手空空的纪谖，陆诗诗拍了拍脑袋，抱歉地说道："对不起，逛得太起劲，忘记你了，现在开始我不买了，就陪你买！"

其实纪谖也无所谓，Boxing Day对他来说存在的意义并不是那么重要，他平时也不太喜欢逛街，反而是喜欢的东西一次会买很多件或是多种颜色，毕竟男生的装扮素来就比较单一，没有什么必须要消费的东西。

纪谖带陆诗诗去了几个他平时买衣服的店，稍微逛了逛，也没有多犹豫就差不多把一年份的衣服都买完了，陆诗诗一是惊讶于他的消费水平，二是惊讶于他的消费速度。像这种价格的衣服，陆诗诗不纠结半个月是肯定舍不得下手的，而纪谖就这么简单扫一眼，连试都不用试就把这么多衣服收入囊中，在陆诗诗看来简直就是土豪的做法，让她想到电影里富豪们的"这件、这件不要，其他全部包起来"的桥段。

自己逛了大半天才买了两三件衣服，而纪谖只用了半小时就买了一大筐，难怪说是让陆诗诗做体力劳动，拿着纪谖买好的衣服，陆诗诗差点手都抬不起来，已经完全丧失了再购物的欲望。

把买的东西全部塞到车里，开车回家的路上陆诗诗轻声问道："纪谖，你一个月零用钱有多少呀？"

纪谖看了看后视镜，随意回了句："我不问父母要钱。"

陆诗诗张大嘴："那你哪来这么多钱啊？"

"我学费都是全额奖学金，房子是买的，没有房租，平时写一些文章或论文都是有稿费的,没事也会做一些翻译之类的兼职,之前实习的医院给的工资也相当可观,这些钱放在平时完全够花了。"

陆诗诗听得有些目瞪口呆,都说留学生省吃俭用钱都不够用,没想到纪谡居然光靠自己就可以活得这么潇洒。其实陆诗诗的家庭条件算是相当优越的了,在留学生里很少能见到像她这样独居这么好房子还不用打工的,但和纪谡比起来,自己似乎显得拮据不少。

可能他就是个不会浪费时间的人,每一分钟都要花在刀刃上,每一天都不能浪费。

这样的上进,给周围人动力,却会给那些仰慕他的人一种望而生怯的自卑感。

好像无论如何都赶不上他的步伐,无论怎么努力都不会缩短与他之间的距离,因为他前进的速度太快,所以和他之间的差距只会被拉得越来越大。

"那你对未来呢,有什么打算吗?"陆诗诗有些泄气地问道。

"之前实习的那个医院对我很满意,是这里排名第一的医院,我觉得很不错,几年内应该可以达到我预期的职位。"

纪谡这么说的时候陆诗诗没有感到意外,一直以来她就猜到这会是纪谡的选择。

"那就不在这座城市了吧。"陆诗诗的口气听上去有些失落。

"嗯,不过对我来说,在哪座城市都能安定下来,并没有一定要留在哪里的说法。"

纪谡的回答稳重而坚定，听上去像是无论如何都不会轻易改变一样。

陆诗诗算了算，还有不到三年纪谡就会毕业，能在这里的日子也屈指可数，先别说会和他有什么进一步的发展，似乎就连这样轻松愉快的邻居关系也持续不了多久。

有时候看到未来是黑暗的时候，人就会变得很深沉忧郁。

见她不说话，纪谡有些慌张，问道："怎么了？不舒服吗？"

陆诗诗勉强地挤了个笑出来："没事，可能是逛了一天累了。"

"晚上想干什么？看个电影吃个饭怎么样？"

像是一个再简单不过的约会邀请，好像听上去是再自然不过的事情一般。

觉得自己这样单方面地生闷气也没用，世事无常，没有什么是不可能的，没有什么是解决不了的，虽然不是出国前那个单纯到相信什么奇迹都会发生的女孩了，但对未来的憧憬还是没有缺失。

或许不久的某天，纪谡会找到比那里更好的发展，又或许自己也发现纪谡在的那座城市有个更适合自己的地方，又或许，到那时候纪谡会愿意为了自己回来……

再渺小的机会，也是机会。

再艰难的可能，也是可能。

想了一会儿,陆诗诗似乎释怀了,轻松地回道:"好呀,去看电影吧。"

两个人来到城里难得热闹的地方,选了一部相对安静的国外爱情片,买了爆米花和饮料,入场后发现身边坐着的都是卿卿我我的情侣,陆诗诗和纪谖坐在一起,但没有往对方的方向靠,两人之间的距离显得很生疏。

纪谖把靠着陆诗诗那边的把手往上翻,朝她那里凑过去,把爆米花递给她。

这样暧昧的距离让陆诗诗无法抗拒,她也靠过去,整个人差不多贴在了纪谖身上。

电影相对比较沉闷,但陆诗诗却看得聚精会神。

也不知道是电影里情节推动的关系,还是周围情侣都黏腻在一起的氛围所感,陆诗诗也就不自觉地将自己的头靠在纪谖的肩上,好像也没发现有什么不妥,觉得很自然而然。纪谖也没有推托或逃避,反而是调整了自己的姿势让陆诗诗靠起来更加舒服。

爆米花吃完以后,纪谖接过陆诗诗手中已经空掉的爆米花桶,顺势另一只手就握住了陆诗诗的手。

感受到纪谖的温度的刹那,陆诗诗整个人像触电一般,甚至觉得自己因为过于紧张流了很多手汗。

不敢太过用力,却又怕纪谖随时会抽回去,所以陆诗诗试着轻轻抓了抓纪谖的手,没想到被对方反手一用力,呈现出十指紧扣的状态。

任何有常识的人都知道这个动作在男女之间只有非常亲密的人才会做,陆诗诗脸颊烧红不知所措,她试探着轻轻侧过头看了眼纪谖,对方正认真地盯着屏幕,虽然余光看到了她朝自己投来的视线,但也没有立刻回应。

可能是意识到自己过久的凝视不太妥当,须臾陆诗诗便收回视线。

电影虽然冗长,但陆诗诗却希望这部电影可以永远持续下去,但任何故事都会有结局,最后女主角与男主角幸福地在一起,结尾的OST(原声配乐)温暖而绵长,观众的脸上洋溢着幸福和满足,纪谖牵起陆诗诗的手站起来。

两个人很有默契地什么都没说,来到餐厅,纪谖点了两套很昂贵的海鲜套餐。这样的配置无论怎么看都像情侣间的约会,陆诗诗今晚也意外吃得特别矜持。

回家后两人在门口有些依依不舍,不能适用于正常约会结束的"上去坐一会儿吧"这样的对话,但陆诗诗牵着纪谖的手无论如何都不舍得放开。

"今晚还会不会怕?"纪谖开口问的时候声音听上去格外温柔。

陆诗诗摇摇头,又点点头,又摇了摇头。

纪谖笑着摸了摸她的脑袋:"怕的话直接来按我家门铃就行了。"

陆诗诗脸上洋溢着掩饰不住的喜悦,张了张嘴,却欲言又止。

"好了，回去休息吧，今天逛了一天也累了，下次再带你出去玩。"纪谖送她到家门口，等着她开门目送她进去。

很想问"不进来坐坐吗"但又担心会显得太不矜持，好像是一种不得体的暗示一般，虽然真的觉得和他只是光坐在一起就足够了，却也没办法单纯地开这种口，想了半天还是松开了纪谖的手回到屋子。

有时候恋爱的开始并不是通过语言，而是通过肢体，但这样模棱两可地不把话说清楚又会让人不安。

如果说上次纪谖的行为可以以喝醉为借口推托的话，那这次在意识完全清醒的情况下做的一个这么意味清晰的表示，即便不是发自内心的感情，也至少让陆诗诗有了质问的底气。

陆诗诗躺在床上，之前因鬼片而产生的恐惧的感觉全部退却，脑海中都是美好的画面，好像世界都变成了粉红色一样。

圣诞假期剩下的几天陆诗诗都和纪谖一起度过，纪谖坐在沙发上看书，陆诗诗就在茶几上玩电脑，纪谖做完饭后两人又一起用餐。纪谖是个很浪漫的人，只要做的是西餐就会点上蜡烛倒上红酒，在家里营造出一片很温馨的气氛来。

而这两天陆诗诗也明显发现纪谖对自己温柔无比，偶尔会跑过来亲亲她的额头，从背后抱着她闻她的头发香味，会做类似这些亲昵而温暖的动作，不会像之前那样毒舌或是傲世轻物的样子。

虽然没有很明确地表示，但陆诗诗觉得这已经是一种承认关系的默示了。

结束了两个多礼拜的圣诞加新年假,两人又恢复了正常的学习生活,平时上课并不是同一时间段所以并不会一起上课,但下课的时候两人都会一起回家,然后在纪谖家吃完饭一起读书再缠绵一会儿后陆诗诗便独自回家睡觉,周末两个人也是一直腻在一起。

2月10号是陆诗诗的生日,正巧遇到是周六,陆诗诗推掉了和朋友的聚会,朋友问起她和谁一起过,陆诗诗还支支吾吾地回答不出。

其实平时并不会怎么在意这个"女朋友"的头衔,只有别人问起的时候才发现无法很确定地说自己和纪谖是男女朋友关系,陆诗诗想着正好借今天这个机会问清楚。

在家吃好烛光晚餐和纪谖亲手做的生日蛋糕,陆诗诗觉得气氛正好,刚想开口,纪谖从屋里拿出一个礼盒。

"生日快乐。"纪谖走过去把礼盒递给陆诗诗。

是一个很大的礼盒,包装看上去特别精致。接过礼物,陆诗诗高兴得把刚才脑中想着的事情完全抛诸脑后,打开礼盒,看到的是一把特别精致的白色小提琴。

陆诗诗的脸上露出欣喜来:"好漂亮,你怎么知道我喜欢小提琴?"

"上次看电影的女主角就是拉小提琴的,你说了句从小就想学可是一直没机会,所以就想买给你,现在开始学应该还来得及。"

陆诗诗爱不释手,小心翼翼地装起来,然后坐到纪谖身上,在他脸上印了一个吻:"谢谢,亲爱的。"

纪谖也宠溺地看着她问:"那要怎么谢谢我?"

陆诗诗看着纪谖满脸的柔情,有些害羞地吻了下去。

这个吻包含着太多的感情,以至到了忘我的程度,陆诗诗舔着纪谖的唇,两个人完全不顾桌上还有没整理的碗盘,纪谖一把横抱起陆诗诗来到卧房,把她轻轻安放在床上,双手徐徐抚摸着她柔软的肌肤,两人迎着这美好的夜色,融化在一起。

那晚睡得特别香甜,第二天醒来的时候,陆诗诗发现纪谖不在自己身边,第一时间是回忆昨晚的细节,思索着发生的一切到底是不是真实的,后来意识到自己正躺在纪谖的床上,才知道这不是在做梦。

穿上衣服走出去,发现纪谖正在打扫餐厅,桌上放着已经做好的早餐。听到了开门的声音,纪谖回过头看着她,笑着说了声"早安"。

陆诗诗有些腼腆,但很自觉地坐到饭桌上吃起早饭来。

纪谖把手擦干,坐到旁边和她一起吃了起来。

似乎不像陆诗诗那么害羞,纪谖倒是显得大大方方的,脸上看不出什么波澜。

吃完早餐,陆诗诗想洗个澡,因为没有替换的衣服,纪谖把自己的浴袍给她换上,陆诗诗发现纪谖所有的衣服上面都有属于他的独特味道,光是裹着他的浴袍都有种欲罢不能的感觉。

洗完澡,她躺到床上回忆着昨晚让人脸红心跳的画面,其实之前就幻想过这样的事，只是真正发生的时候才会觉得比想象中更加激烈与完美，有柔情有狂野，每个尺度他都把控得特别好。一边这样想着，一边脸就烧红起来，而正逢此时纪谖从外面进来，看到床上正用被子半遮住自己的陆诗诗，不怀好意地说道："在想什么呢？"

陆诗诗硬着头皮摇头说道："没什么。"

纪谖走过去上下打量了她一番："穿浴袍的样子很性感。"

被这么一挑逗，陆诗诗更是不好意思地埋下头去，整个人都快躲到被子里面了。

其实陆诗诗以前并不是一个对性有很多幻想和期待的人，但是每次看到纪谖，脑子里就会不受控制地浮现出那些旖旎的画面。那天两人黏腻在一起一整天都没下过床，直到很晚纪谖才把陆诗诗送回家。

其实如果纪谖开口的话，陆诗诗是愿意和他住在一起的，毕竟热恋期的两个人又是邻居，过夜是再自然不过的一件事。

但也不知道是纪谖比较排斥同居还是想互相留些空间，他并没有开口提这个要求，陆诗诗也不好赖着不走，只是回家躺在自己床上的时候还是忍不住想着纪谖的种种，总觉得已经爱到连分开一分钟都舍不得的程度。

都说恋爱中的女人没有智商，其实只是女人太感性，喜欢一个人的时候太过疯狂没有节制。陆诗诗觉得这些天自己心中都是纪谖，无论做什么都想着他，别的事情根本没有办法进入自己的思考范围，就连上课的时候也忍不住要和纪谡联系，可对方还是相对很理性的，回陆诗诗消息的频率还是很慢，而她则每次发完一条消息就焦急地等着纪谡的回复，弄得整个人心神不宁。

陆诗诗虽然很不喜欢这种感觉，但无奈试尽了所有办法都阻挡不了自己心中的这股热情。

就这样疯魔的状态持续了将近一个月，3月底赵博生日，叫了纪谡和陆诗诗一起办home趴，纪谡身边的朋友陆诗诗虽然见的次数不多但至少也都混了个眼熟，没有之前几次感觉那么疏远。

晚上吃完饭，照例会玩些游戏，其间有个男生趁陆诗诗上厕所的时候走到纪谡身边拍拍他的肩问他带来的女生是谁，表现出一副很有兴趣的样子来。

纪谡想要开口的时候突然停顿了一下，随后笑了笑说："喜欢你就去追咯。"

从厕所出来的陆诗诗并没有听到这段对话，只是她之后再想走到纪谡身边的时候被刚才那个男生挡住，对方很有礼貌地自我介绍了一下："你好，我是赵博的学弟，叫Matthew，马铭，希望可以和你做个朋友。"

陆诗诗敷衍地和对方握了个手，视线却一直在穿梭着找纪谡，发现他正被一两个女生围住，有些生气地想过去宣誓主权，但马铭挡住了她的路并说道："纪谡正忙着，我来和你聊一会儿吧。"

陆诗诗觉得眼前的男生有点恼人，但因为是纪谖的朋友，所以不好意思表现出不耐烦来，但余光瞥见纪谖和别的女生正聊得欢，心里多少有些芥蒂。

　　正聊着，被灌多的赵博突然走过来勾住了陆诗诗和马铭，然后对陆诗诗笑了笑："我们马铭可是出名的高富帅，大家都是朋友，诗诗妹妹如果喜欢可以留个联系方式，以后一起出来玩，多接触接触。"

　　赵博说完对马铭使了个眼色，对方也心领神会地回应了一个笑容。

　　陆诗诗本能地摆手："不了不了。"

　　说完之后才意识到赵博是纪谖最好的朋友，但连赵博都不知道自己和纪谖的关系，说明纪谖并没有告诉他。本以为纪谖是那种不喜欢把这种事乱张扬的人，但想起了上次看到那个哭着从他家出去的女友似乎纪谖所有的朋友都认识。

　　越是这么想就越是失落，很想过去找纪谖质问，但他身边永远围着女生，陆诗诗只能在一边生闷气喝闷酒。

　　好久之后，纪谖注意到陆诗诗，走过去按住她不停倒酒的手。

　　"少喝点。"纪谖的声音听上去有些命令的口吻。

　　陆诗诗虽然一肚子不开心，但看到纪谖还是发作不出来，全部闷进心里。

　　并不敢违背纪谖的意思，陆诗诗放下酒杯跑到一边看一群男生玩电动游戏去了。他们在玩的是陆诗诗并不感兴趣的实况足球，但无奈也没其他事可做，陆诗诗只得在一边看着。

　　由于第二天是休息日，大家一直玩到很晚都没有要回去的意思，陆诗诗已经在一边打起哈欠来，但怕打扰大家的兴致也没开口多问。纪谖则在吧台和那些研究生一起聊天，由于聊的话题有些专业性，陆诗诗也插不上话，便开始拿出手机玩游戏，突然之前那个搭讪的男生又走到陆诗诗身边想找她聊天。陆诗诗下意识瞥了眼纪谖所在的位置，发现他并没有注意到自己，于是便和马铭有一句没一句地聊了起来，得知马铭从小就在这里长大，父母都是高材生，从小对他的要求也都很严格，聊着聊着熟悉起来，陆诗诗发现马铭真是个很不错的男生，是那种如果自己是单身一定会心动的类型。可惜陆诗诗现在心里都是纪谖，所以对其他男生完全不感冒，连做朋友的兴趣都没有。

　　两个人聊得正欢，突然听到吧台附近传来一阵喧哗，陆诗诗朝那儿看了过去，原来是一对情侣吵了起来，女的还差点想往地上砸东西，要不是身边人拦住她，估计赵博家所有的盘子都被砸碎了。

　　后来问了问，原来就是女生想回家而男生还想再多玩一会儿这种很小的事，闹得这么大，也让其他人无语。

　　看气氛不妙，有些人借此机会表示太晚该回家了，周围人陆陆续续散了一些，纪谖在帮赵博打扫屋子，并没有走的意思，陆诗诗也只得在一边等他。

　　等人都走得差不多，剩下的几个都是赵博很好的兄弟，所以刚才一些不方便说的话现在也才聊开了。

"你说那个Emy，用得着脾气那么暴躁嘛，一惊一乍的，就讨厌她这种脾气，也不知道Jone是怎么受得了她的。"

"是啊，差点把别人家给拆了，如果是自己家估计早就被她摔得一塌糊涂了。"

"找女朋友还是要找乖巧点的，不能找脾气太暴的，否则一定会被逼疯。"

男生们三三两两地聊着刚才发生的事情，陆诗诗作为为数不多的女生，不好意思插话。

"不过话说回来，在我们这里这方面最高段的就是纪谖了。之前交往的只要稍微闹一闹，纪谖马上给她坐冷板凳，先冷她个几天，如果对方还不乖乖认错，那就直接拜拜。不过我们纪大才子魅力不凡，每次都是女生主动回来道歉，根本没有这方面恋爱的烦恼吧。"

纪谖不回应，只是在那里专心洗着盘子。

"不过人家纪谖心有所属，所以也不会像我们一样，把妹子看得那么重要。"

听到有人这么说，陆诗诗蓦地竖起耳朵来。

"是啊，人家有从小青梅竹马门当户对的嫩模大美女未婚妻，其他人怎么入得了他的法眼。"

听到这段话的时候，陆诗诗只感觉头顶上嗡嗡作响，眼前微微发黑，突然有些站不稳，她一路摸索着坐到沙发上，能感觉到自己的心跳无比强烈，一下一下都沉重地敲打着自己的胸腔。

就像看到一片非常美丽的汪洋，奋不顾身地跳下去之后才意识到自己根本不会游泳，下面的水草缠住你的脚，把你无尽地往下拉，你从水里往外看，世界很美丽，但触不可及。

这种绝望的感觉叫人窒息。

而在吧台的纪谖突然停下了手里的动作，脸色也显得不好看，转过头朝他们做了个嘘声的动作："别提她。"

剩下几个人面面相觑，然后很有默契地闭了口。

之后那几个人打扫完也就纷纷回去了。

坐上车的时候已经半夜两点了，陆诗诗一路都很沉默，到家门口的时候，陆诗诗突然停住，然后转过头看着纪谖，半晌也不说话。

"很晚了，快回去睡吧，明天睡得晚些。"

陆诗诗没有点头答应。

之前纪谖说的话陆诗诗都会乖乖照做，但她突然意识到自己根本没有必要听他的话，因为对纪谖来说她根本什么都不是。

陆诗诗又有些生气又有些失落，情绪没办法再克制下去，对纪谖说道："对不起，可能是我出国时间还不久，并不知道你们这里的一些规矩。"

纪谖被她说的这段话搞得有些摸不着头脑，蹙眉问道："什么意思？"

"所以，对你来说我们就是friends with benefit咯？"陆诗诗说完冷笑一声。

纪谖没有回答。

他无法回答。

他不能说是，也不能说不是。

因为他自己也不知道他俩的关系算什么。

纪谖一直是一个喜欢按照事先定好的计划去做事的人，但在认识陆诗诗之后的这段时间，他突然变得很顺其自然，他不会考虑太多，不记得自己过去是谁，现在是谁，将来会是谁，他只是希望日子一天天这样没有变化地过着，但被陆诗诗这句话突然打醒，他才意识到有些事是无法逃避的，有些人也是无法忽视的。

陆诗诗也好，江若岚也好。

他突然觉得自己既对不起陆诗诗，也对不起江若岚，这似乎是他人生中的第一次举棋不定。

"对不起，是我想多了，"见纪谖不回答，陆诗诗给自己找了个台阶下，转身一边开着门一边说，"很晚了，早点回家休息吧。"

陆诗诗的心很痛，虽然纪谖没有说，但他的沉默和犹豫，已经是最好的答案了。

打开门的瞬间，纪谖突然拉住陆诗诗的手。

说实话,那个瞬间陆诗诗的心里是窃喜的,甚至那个瞬间无论纪谖说什么,只要还想继续和她在一起,她都会尽释前嫌,奋不顾身地转过身和他深情相拥。

可是,令她没有想到,纪谖开口说的话却是——

"对不起,我现在还是不能给你承诺。"

Episode 06

逃离
回国

这一句话，打碎了陆诗诗的所有幻想。

她的眼泪在眼眶中打转，不敢回头看纪谖一眼，怕自己的情绪会崩溃，她只是低低地说了句："我知道了。"然后马上关门回屋。

空气瞬间凝固。

门的两头是两张写满心事的脸。

陆诗诗靠着门，慢慢蹲下去，用手捂住嘴，怕细微的声音会传到门外那个人的耳朵里，她一直仔细听着外面的声音，纪谖似乎在门口驻足了好几分钟才回到自己的家。

关上门，屋里冷得出奇，纪谖打开暖气，坐在沙发上揉着自己的太阳穴，沉默不语。

他脑海中不停切换着陆诗诗和江若岚的脸，他也问自己，自己对陆诗诗的感情到底是真心还是因为太久没见江若岚而导致的空虚寂寞。

而这个问题就像是个死结，越想越是模糊。

江若岚的父母和纪谖的父母是几十年的好朋友，两人从小玩到大，纪谖小学的时候准备出国两人抱在一起哭了一整天，那时候童言无忌的江若岚说会去纪谖所在的国家找他，纪谖也一口答应自己学成之后会回去和她厮守。

孩子的想法都太过单纯，每年寒暑假纪谖都会回国，而每次回国就会天天和江若岚腻在一起，但随着年纪的递增，两人的感情也发生了细微的变化，虽然不如儿时来得那么黏腻，但男生多了些担当，女生也多了些柔软，每次离别的时候都变得分外伤感，每次的相聚也显得异常难得。

其实无论从性格还是背景来看,纪谖都觉得江若岚是这个世界上最适合他的人,所以他第一次离别时许下的诺言就是发自真心的。他一直对自己说江若岚一定就是他未来的妻子,无论发生什么事都不会改变,两人虽然从来没有正式确认过恋爱关系,但彼此心照不宣,一句"我等你"远比"我爱你"来得有分量得多。

但在国外生活了那么多年,纪谖思想上多少有些变化,渐渐他发现自己的未来和发展比起感情纠葛来说更为重要,而在地球另一边的江若岚也是,由于事业的发展,儿时答应了纪谖要出国陪他的想法也因此打消。两人都有各自的发展,不愿为了对方妥协,也没有直接面对,但随着年龄的增长,爱情这件事也就变得不再单纯,对于成熟的人来说没有结果的爱情并没有太多存在的意义。纪谖和陆诗诗去K城的那天晚上接到江若岚打来的电话,当对方告诉他"不要再等我了"的时候,纪谖感觉特别难受。

可能伤心的并不是失去了江若岚,而只是面对现实的无奈妥协。

那么多年的信仰,还是输给了现实。

江若岚虽然并不算纪谖真正意义上的女友,但他心里一直清楚自己对其他人都不会动真心,所以这些年有些女生对他表达爱慕他虽没有明确拒绝,甚至有些还真的交往过,但纪谖对每个女生都会以一种"我心中有别人,所以并不会爱上你"的口吻提到江若岚的存在。然而即便这样还是会有数不清的姑娘奋不顾身地爱上他,甚至不介意他心中有别人,只要能陪伴在他身边就心满意足。

在那些人里，陆诗诗是唯一一个不一样的存在。

陆诗诗就这样不经意地出现在纪谖的生命中，他也从来没有正视过自己对陆诗诗的真实想法，或许因为心里对江若岚多少有些愧疚，所以不敢全身心投入地去接受陆诗诗。

这似乎是纪谖人生中第一次的不知所措，向来自信的他也第一次陷入困惑和茫然。

而另一边的陆诗诗也更不好受，或许一开始被拒绝也就不会像现在这样难过，她觉得自己特别可笑，一直以为自己是纪谖的女朋友，没想到对方只把她当成是个无聊消遣的对象。陆诗诗觉得特别不服气，也特别委屈，自己的一片真心被别人这么践踏，在那么一瞬间她有点恨纪谖，也有点恨自己，觉得是自己太轻浮，拍拍脑袋骂了自己两句之后，陆诗诗决定痛定思痛，要从中吸取教训，以后在没有确认关系的情况下一定不能太把感情当回事。

发誓的时候信誓旦旦，但睡了一觉起来，陆诗诗发现自己还是无比想念纪谖。

好几次都恨不得去隔壁敲门，对他说不介意自己是不是备胎或者他心里有没有喜欢的人，她只希望可以和纪谖在一起，多一天都好。

但由于自尊心的驱使，陆诗诗一直忍住没有去敲纪谖的门，对方也没有上门来道歉，两人似乎就这样回归到自己原本的世界里。

偶尔的几次在走道遇到纪谖，陆诗诗也只是微微和他打了招呼而已，对方也并没有要解释或者挽回，两人就这样冷漠地恢复到了单纯的邻居关系。

考完试，会放三个月的暑假，之前陆诗诗并没有要回国的打算，但在这里天天有看到纪谖的可能，这让她感觉很不好受，想回家调养一下，想着经过三个月沉淀之后可能再一次回来看到纪谖就不会像现在这样难熬了。

张罗好了一切，突然意识到这三个月房子如果空着也是浪费，不如找个人短租出去，还可以赚一笔房钱。陆诗诗找了当地租房的网站，把自己房子的介绍放了上去，因为地段比较好，又是那种设施比较齐全的独立公寓，所以很快就有人表示很感兴趣。

陆诗诗从中筛选了一下，看到其中有一个中国人，看了他的自我介绍，对方三十岁，在投行工作，因为家里要装修所以需要一个地方短期租住一下，陆诗诗觉得各方面都比较合适，于是约他来看了一下房子。

那天早上，陆诗诗把房子里里外外打扫了一下，下午到了约定的时间，对方准时上门。

见到他的时候陆诗诗其实有些惊喜，并不是她自己想象中那种大叔的形象，对方穿着长大衣、戴着帽子，看上去倒像是福尔摩斯的打扮，有种英伦的绅士风。

"你好，我叫苏舍，你叫我Allen就可以了。"对方优雅地伸出手。

陆诗诗弯了弯腰，和他握了个手。

稍微寒暄了几句，陆诗诗马上切入正题，带他简单参观了一下房子，对方表示很满意，表示如果陆诗诗没有问题马上就可以签合同。

由于距离考试还有一周时间，陆诗诗先和苏含大致说了一下房租费用和出租时间，对方均表示没问题，细节可以等陆诗诗考完试有时间再慢慢商讨。

苏含是一个特别爽快且好说话的人，考完试之后很快两人就签了租房合同，陆诗诗回国前把钥匙交给了他，也和他说了一些注意事项，回国后陆诗诗偶尔也会和苏含联系，苏含也会定期把这里的情况报备，一切听上去都很顺利。这三个月陆诗诗并没有和纪谖联系过，其实内心还很惦记他，但拉不下脸去关心他，只能旁敲侧击地问苏含有没有注意到隔壁住着的一个中国男子。

也不知道是不是作息不一致的关系，苏含说从来没有碰到过隔壁邻居，两个月住下来他甚至还以为隔壁没住人。听到这样的消息，陆诗诗心里多少有些担忧，但想想纪谖的性格向来独来独往，可能去实习了，也可能回国，说不定去见初恋情人去了。

想到这里，陆诗诗又整个人被负能量席卷，想起了一些不开心的往事，想找人出去借酒浇愁，约了好朋友周六晚上见，对方却说要参加徐凯的生日派对。

提到徐凯的名字，陆诗诗突然觉得恍如隔世。

本以为徐凯不会找她，但从朋友那儿听说陆诗诗回国了，徐凯便很大方地邀请陆诗诗一起参加生日派对，对方表现得这么大方得体，陆诗诗也不想显得自己太小心眼，带上了礼物就过去了。

去之前陆诗诗并没有问其他人徐凯现在的感情状况，到了徐凯家门口的时候才意识到如果徐凯有了新女朋友，三个人见面的时候多少会有些尴尬。

在去徐凯家路上的时候，陆诗诗突然有些感慨，这条路自己似乎从来没有一个人走过，从认识到分手，只要是约会，徐凯都会提前来陆诗诗家门口等她，开车带她去任何地方，不会让她多走一步路，要吃什么也是只要陆诗诗一开口徐凯就会千里迢迢送过去。虽然年纪还小，但两人那时候已经多少发展到了谈婚论嫁的程度，所以徐凯也带陆诗诗回去见过父母，徐凯的爸妈也对陆诗诗特别喜欢，每次都做一桌子菜撑得陆诗诗动都动不了。

现在回想起这些场景的时候，陆诗诗的嘴角依然忍不住上扬。

她很庆幸自己和徐凯是和平分手，两人做不成爱人，但也是半个亲人一样的存在。

陆诗诗在徐凯家门口犹豫了一会儿，按下门铃，开门的是徐凯妈妈，看到陆诗诗她的脸上满是惊喜，马上招呼她进去坐。

陆诗诗到得不算早，客厅里已经来了十几个朋友，大部分似乎都是徐凯的大学同学，陆诗诗都不认识，但见到徐凯妈妈对她这么热情，多少也能猜到陆诗诗的身份应该不普通。

和大家粗粗打了个招呼，陆诗诗带着礼物走到徐凯面前，把礼物递过去："生日快乐。"

徐凯看着她，接过礼物，眼神中似乎比以前多了一些沉稳："你能来我很高兴。"

陆诗诗觉得这句话很温暖，微微笑了笑，找了个沙发上角落的位置坐下。

徐凯是风向星座，对朋友特别仗义，又是那种心很大不会记仇的人，对谁都好，所以朋友特别多，有那种一呼百应的气势。徐凯家在郊区买了幢别墅，每年都会在那里通宵办派对，已经成为惯例，高中前大家都是好朋友所以玩得特别嗨。这是大学之后的第一次派对，大学的朋友和高中的朋友被分为两个小群体，而陆诗诗有太多时间没有加入组织，再加上身份已经不是主角的女朋友，所以显得有些被冷落。

陆诗诗在一边独自喝着饮料玩着手机游戏等吃饭，徐凯偶尔会走过来找她聊两句，但没说几句话又会被人拉走。

和高中同学聊了聊，发现他们的话题陆诗诗大多已经插不上了，可能出国之后生活和话题都会有些不同，国内的一些网络流行语陆诗诗也有些听不懂，只能装模作样地在一边附和。

吃完晚饭，徐凯的妈妈把陆诗诗拉到外面的花园，摸了摸她的脸，用一种快要哭出来的口吻说："诗诗啊，你在国外过得还好吧，你看看你都憔悴了。你和我们凯凯啊，也太可惜了，你也知道我和你叔叔都很喜欢你，把你当自己儿媳妇看了，不过可惜啊，我也知道异地恋是很艰难的，但是越艰难的事熬过去了结果越是好。你别担心，你自己在国外好好读书，我们帮你看着凯凯，他带谁回来我们都不喜欢，我们就喜欢你。你什么时候回来愿意重新和凯凯好，我和叔叔做他思想工作，一定帮你的。"

说这段话的时候，徐凯妈妈一度要落下泪来，陆诗诗能感受到她的真心实意，说实话她心里也很后悔与无奈，但是现实无法逃避，两人的问题依然在，但陆诗诗知道大人的心是要安抚的，所以她说了些安慰的话，安抚了一下徐凯母亲。

陆诗诗帮着徐凯母亲把屋子都收拾好。剩下的时间属于年轻人的狂欢，徐凯父母很自觉地离开回了市中心的家。

刚才有长辈在场，所以大家多少还有些拘谨，现在全都是年轻人，一下子气氛就不一样了，几个人出去买酒，剩下的所有人都聚在一起围成一个圈开始玩起了桌游。

在国外，大家因为没有父母管，聚在一起会玩得很嗨，所以这种热闹的氛围反而让陆诗诗觉得比较习惯。

徐凯坐到陆诗诗身边，和她打了个招呼。

相比起在国外大家玩的真心话大冒险和国王游戏而言，这里大家玩的桌游显得健康很多，陆诗诗因为玩不来桌游，全程都在旁观徐凯。后来徐凯怕她无聊，提议大家一起玩Black Jack，这是赌场里很普遍的一个游戏，简单没难度，基本是看运气和胆量。

十几个人玩了几圈，输的人喝酒，不知不觉醉了一大片。

因为房间多，有些喝得不行的已经去休息了，剩下不多的人也玩不动游戏了，在那里围坐着看电影。

陆诗诗觉得有些困，趴在沙发上几乎快睡了过去，徐凯见她这样，轻手轻脚地把她抱了起来，送进了自己房间的床上。

陆诗诗其实被弄醒了，但怕醒了反而会尴尬，只能继续装睡。

躺在床上，陆诗诗并没有听到徐凯离开的脚步声，觉得他现在应该坐在自己的身边看着自己，想到这个画面就觉得有些害羞。陆诗诗故意换了个睡姿，侧过身去，背对着徐凯所在的方向。

而坐在她身边的徐凯，眼睛里也写满了心疼和思念，脑海中在不停地回想和陆诗诗一起经历过的场景，而越是想就越是觉得难受。

徐凯不动声色地哽咽起来，但强忍住没有发出很明显的声音来。

陆诗诗隐隐感觉到了一些什么，转过身睁开眼看着他。

她会突然看向自己，这有些意料之外，徐凯不知所措地转身背对她，轻轻说道："把你吵醒了吗？"

陆诗诗摇摇头，看着门外的地方："不出去招呼他们吗？"

"没事，他们会自己玩的。"

陆诗诗觉得就这样两人大眼瞪小眼气氛有些古怪，从床上坐起来打算走出去："我现在也不困了，还是出去和大家一起玩吧，否则感觉怪怪的。"

陆诗诗走到门口，打开门，却发现门已经被锁住了，她第一反应是自己没睡醒或是这门本来就打不开，叫了徐凯过去，发现连他都开不了。

而这时候听到外面熙熙攘攘传来一些声音。

"徐凯，谢谢招待，我们就先回家了啊。"

陆诗诗知道他们一定是故意的，有些羞涩又有些生气，转头看着徐凯问："怎么办？"

Episode 07

被迫
同居

徐凯打开手机看,他那些朋友纷纷给他发了消息"好好珍惜机会""哥们儿只能帮你到这里"之类的话,他无奈地摇摇头,对陆诗诗说:"估计被他们摆了一道。"

无可奈何,陆诗诗坐在地板上努起嘴:"这下该怎么办啊?"

其实房间里连着厕所,也有些食物,要生存下去一定是没问题的,只是一男一女独处一室一晚,又曾是恋人关系,会发生什么谁都无法预料,陆诗诗心里有些忐忑,又不知道该干什么,眼巴巴地看着徐凯,希望他能想到办法。

徐凯打了几个朋友的电话,对方都表示一路看着徐凯为了陆诗诗这么难过神伤,谁都看得出来他对陆诗诗的爱,虽然手段有些不道德,但觉得这也是唯一的办法,所以给他们创造了这个机会,希望徐凯可以面对自己,不要错失良机。

徐凯心里有点说不出的味道,一方面觉得他们这样的安排没有经过他的同意有些不悦,一方面又对他们创造的这个机会窃喜。

"没办法了,明天一早阿姨会来打扫房间,到时候我们才能出去。"

陆诗诗感觉有些绝望,但无奈实在没有其他办法,只能垂头丧气地坐到沙发上,拿起抱枕就蹂躏起来。

徐凯走过去打算安抚她,坐到她身边轻柔地说道:"这里有浴室,也有一些我干净的衣服,要不你先洗个澡睡吧。"

陆诗诗突然想起以前经常会来徐凯家,因为出国前父母都默认了两人的关系,所以偶尔经过允许也会来徐凯家过夜,而那时候陆诗诗就经常洗完澡穿上徐凯的衣服,和他两个人窝在床上打游戏。

想起那时的没心没肺和无忧无虑,陆诗诗觉得应该是再也回不去了吧。

总觉得这样重演的戏码会给人一种对过去无法释怀的错觉,陆诗诗没有答应,敷衍地笑了笑:"没事,我还不困。"

"这样要一晚上,什么都不做的话似乎有些难熬。"

陆诗诗看了时间,现在才半夜一点多,还有八个多小时,如果不睡觉的话的确太漫长,可是想到洗澡换衣服,陆诗诗的心里多少有些抵触。

"没关系,你不想洗澡的话就直接躺着睡吧,我睡沙发。"

徐凯说着站起来帮她铺床:"床单枕头都是干净的,别担心。"

如果说徐凯表现得太过殷勤,会让陆诗诗感觉担忧的话,那现在徐凯的表现又太过疏远,让陆诗诗觉得有些心疼。

曾经那么亲密的两个人,如今沦落到了如此境地,像是一个时代的终结,一个电影的散场。

都说男人忘恩负义的多,但陆诗诗觉得徐凯对她的爱真的是十年如一日,相比起陆诗诗自己这么快移情别恋,她觉得根本就不值得徐凯用情这么深。

其实喜欢一个人的时候眼神是无法骗人的,你的眼睛像是锋利之物，有着刺透一切东西的魄力，你看着那个人，就能感受到想把他的容颜深深刻在脑海中的那股力量。

陆诗诗觉得今天的月色很美，是个适合回忆的夜晚。

两个人就默默坐着，也没对话，但似乎心里想的东西不约而同，也似乎是一种多年配合下来的默契。

陆诗诗抱着抱枕坐在床上，耳朵里听着音乐，闭着眼想着心事。

徐凯坐到她身边，看着她的侧颜，眼睛眨都不眨一下。

好像时间停止了，全世界只有这两个人的呼吸声，陆诗诗不可否认的是，自己和徐凯在一起的时候才最自在放松，他就是能给陆诗诗一种安然的感觉，似乎自己无论什么样子展现在徐凯面前都不担心他会嫌弃，这和纪谖在一起的小心翼翼相比，要自如太多。

可能所有人都是这样的心态，那些会让你放松自然的人，往往久了就给不了你任何新鲜感和压力，可能就是太有恃无恐，所以才会变得不珍惜。反而是那些一直在吐槽你、讽刺你的人，会给你一种"我还不够好"的感觉，让你想进步，想让对方更在意自己一些。

陆诗诗心里对徐凯有些愧疚，她很想道歉，却不知道从何处开始比较好。

"你在那里还好吗？"身边的人先开口。

每次都是这样，徐凯好像完全能猜透陆诗诗的心，总是知道她什么时候需要他的救场。

"嗯，平时上课的确比较紧张，但也渐渐适应了，觉得挺好。"

徐凯听到陆诗诗的话，觉得有些欣慰，但又觉得她没了自己也可以过得很好，有些伤怀。

他淡淡地点点头："那就好，我还一直挺担心你的呢。"

"我一直以来都是女汉子，你又不是不知道，大大小小的事一个人都能搞定，真有事情搞不定了也还有朋友嘛。"陆诗诗用一种让他不要担心的口气说着。

徐凯点点头："嗯，在外面朋友总是可以帮到很多的，何况还有个中国邻居，真有什么事应该也会给你建议的。"

纪谖意料之外被提起，陆诗诗刚才脸上的轻松一扫而空，脸部表情有些僵硬，嘴角抽动两下说道："邻居后来去其他城市实习，也没什么太多的接触。"

"其实后来我也打听过去你那里申请留学的事，但是实在不像想象中的那么简单，我这里的学业也要完全放弃，所以最后还是打消了这个念头。"

"没关系，"陆诗诗打断了徐凯的话，"你不用为了我做这么复杂又不是自己所想的事，这样反而会让我感觉很内疚，我也不想耽误你，只希望你可以好好地生活，顺利毕业，成家立业。"

徐凯听着陆诗诗的话，眉头紧蹙："难道你就没有再考虑过或者期待过我和你会在一起吗？"

陆诗诗犹豫了一下，说："过去了就过去了，何必还要把它硬找回来呢？"

徐凯冷笑一声："能让你做得这么决绝，难道你喜欢上别人了吗？"

陆诗诗没有回答。

她不想说谎，也不想伤害徐凯。

支支吾吾半天没有确切的回应，也让徐凯明白了原委。

"所以你那个时候急着和我分手，也是为了他咯？"徐凯垂下眼睫，看得出无限伤心。

"不是，"陆诗诗斩钉截铁地说道，"和你分手真的是因为我们不适合异地恋，是后来，可能在国外我也觉得孤单害怕，希望有一个人照顾我，所以会对别人比较上心……但是和你在一起的时候我没有做任何对不起你的事情，也没有对别人有任何非分之想，我希望你不要误会。"

"真的是误会吗？"徐凯翻了个身，压在陆诗诗身上，死死按住她不得动弹，"那怎么这么巧，和我一分手你就喜欢上别人了？你在那么远的地方我自然没办法得知你的一举一动，无论什么事都只能听你说，所以不管你说什么我都相信你。可我觉得就是太相信你了，所以很多事选择不管不问，才让我最后失去了你。"

徐凯说着，把嘴唇压了下去，强吻住了陆诗诗。

虽然是曾经接吻过无数次的人，但这种违背自己意愿的行为还是让陆诗诗觉得浑身不舒服，她试图用力推开徐凯，但对方的力气太大，把她牢牢控制住。

陆诗诗从嘴唇的间隙中发出"不要这样"的拒绝，但徐凯并没有理会，还是无所顾忌地摄取着陆诗诗的气息。

怕这样发展下去事情会超出两人的预计，毕竟之前徐凯喝了不少的酒，现在他的心理感受可能也被扩大了好几倍，陆诗诗试图让他冷静下来，可是无论说什么徐凯都不理自己，最后只得将头往旁边侧过去，喊了声："我想上厕所。"

果然奏效，徐凯蓦地停下动作，陆诗诗也趁机溜走，进了厕所后把房门反锁起来。

徐凯似乎也终于意识到刚才自己的举动太不得体，喝了一大口水，坐起来想让自己冷静一下。

其实说到底并没有什么值得生气或是激动的事，只是在酒精的催化下，人达到了某种情绪，举止很容易不受控制。

陆诗诗打开水龙头，不想让沉默横亘着显得太尴尬。

过了不知道多久，徐凯敲了敲门，声音放轻说道："刚刚对不起，你没事吧？"

陆诗诗缓缓站起来，把水龙头关掉，把手擦干走出去看着徐凯，挤出笑容："没事。"

好在都喝过酒，大家都可以用酒后失态这个借口来蒙混过关。

回到房间，也已经夜深人静了，陆诗诗觉得这个气氛如果再对话下去也不会以和平温暖收场，索性选择沉默。

陆诗诗窝在被子里自顾自睡了起来。

第二天醒过来的时候天已经亮了，陆诗诗起床发现门已经开了，她稍微洗漱一下，出去的时候发现徐凯在收拾昨天遗留下来的残局，于是一起加入。

看到她，徐凯温柔地说："我稍微弄了点早餐，快去吃吧。"

陆诗诗没有停下手上的动作，她倒是希望快点把事情做完可以回家。

两个人和阿姨一起整理了一个小时，稍微吃了点饭后，徐凯开车送陆诗诗回家。

一路上两人并没什么交流，有些熟悉又有些陌生地坐在他的车上，习惯了他的驾驶风格，让陆诗诗一路上都很安心。

回家后，两个人心平气和地道了个别。

陆诗诗觉得，经过了这一晚，两个人心中都有了芥蒂，以后似乎连朋友都没有办法再做了。

已经走出自己生命中的人，就没有必要再把他找回来并肩而行了。

暑假剩下的日子，陆诗诗在每天看书看片子中虚度过去，倒是第一次她特别期待重新开学。和苏含租约是三个月，租约到期的时候陆诗诗也没有和苏含交接，总觉得他是个很靠谱的人，应该不会出什么幺蛾子，想着到那里再联系他也没关系。

出发前一天，陆诗诗打了个电话给苏含，告诉他到达的时间，方便的话希望他可以把钥匙交接给她，苏含电话里没说什么，并且主动提出要去机场接她。

带着期待的心情又一次踏上了出国的征程，到达机场的时候陆诗诗很快就找到了苏含。他帮陆诗诗拿行李，安排好一切，回到公寓的时候，苏含突然脸色显得有些沉重地说道："有一件事可能要麻烦一下你。"

看着他的表情陆诗诗隐隐觉得应该不是什么好事，吸了一口气仔细聆听。

"之前和你说我新买的房子在装修，工程队出了一些问题，整个工程停滞了一个多月，所以可能还需要一个月才能完工，我之前忘了你要回来的时间，所以并没有找房子。"

陆诗诗听完，觉得幸好不是什么房子的问题，也觉得自己太大条了，没有和苏含确认交房的时间，所以也怪不得他。但现在最棘手的问题可能就是这一个月苏含的住宿问题，现在让他搬出去住也着实不通情理，但孤男寡女同居也让陆诗诗很难说服自己，她把行李放在门口，坐到沙发上想着办法。

"不好意思我之前没和你确认，也是昨天接到你的电话才意识到你要回来的，如果给你造成很严重的困扰，我可以去酒店暂时住一个月。"

陆诗诗看到苏含的一脸歉意，有些于心不忍，她安慰着说道："也是我不好啦，没有关照你，我离开学还有一段时间，现在并不是特别紧张，我们可以慢慢想办法。"

"我的东西还没来得及整理。"苏含看了看时间,已经是晚上九点了,现在要打包走人也不是件容易的事,折腾完也快半夜了。

陆诗诗看了看房子,其实一直都有一间多出来的书房,地方不小,里面只放了一个写字台,倒是显得有些空旷。

"要不今晚我先在沙发上将就一下,明天我们整理一下,把书房空出来做个卧室,你先将就住着,什么时候你找到解决办法了什么时候再搬走呗,不着急。"

这虽然不是苏含的本意,但原本工作就已经忙得焦头烂额实在没时间去折腾这么多乱七八糟的事,陆诗诗的这个建议倒是让他松了口气。

他表示会给陆诗诗原价的房租,还负责每天的三餐。

陆诗诗虽然觉得这个条件很诱人,但隐隐意识到这是苏含下的一盘棋,这样她就不好意思开口让苏含搬出去了,而这个"同居"可能会持续一段不短的时间。

对从来没有和别人有过同居经验的陆诗诗来说,这无疑是一种挑战。

由于飞机上太过折腾,陆诗诗没时间考虑太多,躺到苏含事先帮他换好的床单上就睡过去了。

第二天醒来的时候,陆诗诗没有正在和人同居的意识,穿着睡衣就往外跑,在客厅与苏含不期而遇的时候,陆诗诗迟疑了两秒,然后下意识捂住胸口尖叫着回去。

虽然穿的是可爱系的粉色睡衣并不暴露,但睡衣这种东西再怎样也算私人的着装，被一个本不熟的人看到多少有些害羞，陆诗诗在房间里捂着自己发烫的脸颊好半天才缓过来后，又一次打起精神往客厅跑。

苏含的脸上倒是看不出半点羞赧，他准备好了早餐，然后看了看时间："我要去上班了，有事的话随时联系我，我下班到家里估计六点半左右，如果你饿的话就自己随便吃点，如果不饿等我回来做饭。"

陆诗诗只是小鸡啄米般点头，全程都不敢抬头看苏含一眼，直到听到关门的声音，陆诗诗才终于舒了口气。

坐下来开始审视自己和苏含的关系，虽然两人交流不多，但总觉得苏含还算是个靠谱的人，对自己的安全问题自然是没有担忧，而且最多也就一个月，陆诗诗觉得也没什么熬不过去的。

吃着苏含做的早餐，陆诗诗倒是有种为了食物妥协的觉悟。

吃完早餐，陆诗诗整理了一下自己的行李，发现她不在的这几个月，屋子几乎没什么变化，苏含中规中矩地没有动陆诗诗的摆设，只是把他的生活必需品很整齐地放在一边。陆诗诗把行李整理好，想出去吃个午饭，出门的时候瞥见纪谖的家，突然有些如梦初醒的感觉，好像这样的场景太久没有发生，有些生疏，但她能意识到自己的心内心深处一直在重复这个画面，所以一点都不陌生。

她看着纪谖的门口，没有任何动静，心里又期待又担心他会在同一时间开门，在门口站了一会儿，很快地走开了。

吃完午餐回到家，陆诗诗用很随意的口气问了楼下的管理员住她隔壁的纪谖最近在不在，管理员表示已经两三个月没有看到他了。陆诗诗觉得应该是在暑期实习，看来纪谖又离开了这座城市，想来这样也好，见不到也不必心烦。

　　回家后陆诗诗看了会儿书，晚上六点多苏含回到家里，手里拿着买好的菜，脸上是那种被时光洗礼过留下来的温和。

　　陆诗诗也说不上为什么，但是每次看到苏含，心里就有种莫名的笃定，好像再烦躁看到他就能安下心来，他有一种可以把一切事情都处理好的从容，可能是陆诗诗这种年纪的女孩子最缺少的。

　　有条不紊地张罗好，两个人愉快地一起用晚餐。

　　陆诗诗没有觉得半点尴尬，倒是觉得和他特别聊得来。

　　晚间两人把书房一起整理成另一个卧房，因为不方便再买一张床，苏含决定打地铺。

　　和苏含道了个晚安，陆诗诗回到自己房间，她仔细听着隔壁房间的声音，一整晚苏含似乎一点声音都没有，让陆诗诗都怀疑他到底在不在。

　　度过了工作日，周六一大早，陆诗诗兴致勃勃地起来，把苏含叫到饭桌前，手里拿着纸笔。

　　"我想着我们还有一段不短的同居时光，还是有必要拟一些条款，以免造成不必要的不愉快。"

　　苏含在一边煮着咖啡，很温和地走过去点点头。

　　这似乎是陆诗诗第一次这么近距离仔细地看他，苏含长着一张非常立体的脸，眉骨很突出，鼻梁也特别高，眼窝也很深，不仔细看的话还以为是外国人。

陆诗诗清了清嗓："首先，不准把女朋友带回家来，我会觉得特别尴尬。"

苏含笑了笑："这你就放心吧，我没有女朋友。"

陆诗诗倒是显得有些惊讶："大叔，你这么帅这么有才华这么温柔，为什么没有女朋友？"

"平时工作比较忙，没空去接触什么女生，也有很多人要给我介绍，但我总觉得这种方式挺奇怪的。我算是个比较内敛的人，这种张扬的方式不适合我。"

"所以你是适合那种不特定情况下认识，然后慢慢日久生情型的咯？"陆诗诗分析得头头是道。

苏含看了她一眼，微微笑着也没否认。

"好，那这点不算，"陆诗诗把刚刚写上的划掉，"那说说你有没有什么特殊嗜好，我们可以协调一下，比如上厕所时间啊之类的。"

苏含笑了笑："这种问题我完全无所谓，照你的要求来好了，我洗漱都不会用很久时间，早上上班也比较早正好时间和你岔开，应该不会影响到你。"

陆诗诗觉得也是，苏含每天七点就会起床洗漱好，而这个时间她还在做春秋大梦呢，似乎从来没有出现过要和苏含抢厕所的情况，卫生间也因为他变得比之前干净。

努努嘴,觉得这条似乎也没什么影响,想来想去也没有其他会冲突的事情了,陆诗诗收起纸笔:"好吧,好像我们都还挺契合的,目前没什么要注意的,以后想到了再说好了。"

苏含点点头:"昨天我去超市买了点牛奶、巧克力、冰激凌之类的放冰箱,你可以随便拿,我喜欢冰箱里经常放些甜点,心情不好的时候可以拿来吃。"

苏含话刚说完,陆诗诗就蹦蹦跳跳地跑过去拿了一个冰激凌挖起来:"我一直想在家里吃冰激凌,但平时没车出去买东西拿回来不方便,所以一般只买些日用品,这种零食什么的都放弃了,有个爱吃的室友真好,可以蹭吃蹭喝。"

苏含看着她,忍不住笑了出来。

似乎工作久了,这种青春朝气和单纯的性格很少能遇到了,社会上的人都互相猜疑争斗,睚眦必报,所以苏含看到陆诗诗的时候有种穿越的感觉,好像看到了大学时候的自己,也曾这样容易满足和快乐。

可能随着时间的推移,拥有的越是多,期待的越是少。也不知道从什么时候开始,自己变得那么世故而悲观。

苏含自己都没有意识到自己的视线一直盯着陆诗诗没有移开过,直到她闷头吃完冰激凌之后两人视线对上,他才移转视线,喝了口咖啡。

"对了,周末一般你怎么过的?"

"平时周末也会有工作,如果有时间会去看个电影吃个大餐吧,老年人的生活很无趣的。"苏含自嘲地说道。

"是嘛,那要不要我带你出去玩玩?"

苏含挑起眉毛:"好啊,去哪儿?"

其实陆诗诗就是想蹭苏含的车罢了,把他带到了当地著名的游乐园,号称是这个国家最大的游乐园。

虽然在意料之中,但真的被带到游乐园,苏含还是有点惊讶的。

"小孩子果然喜欢这些东西吗?"苏含问道。

陆诗诗嘟起嘴,朝他吐了吐舌头:"我不是小孩子了好吗,只是之前因为这里太远没车不方便来,所以把你骗来了。"

苏含买了门票,陆诗诗硬要把门票钱给他,苏含表示男生付钱是绅士的基础配置,何况陆诗诗还是个没有工作的女孩子,陆诗诗也不是那种喜欢白接受别人的好的人,两人僵持不下半天,陆诗诗最后妥协到说从房租里减掉就行。

无奈拗不过她,苏含先答应了下来。

Episode 08

心照
不宣

天气还很炎热，游乐园有微风吹过，陆诗诗是那种胆子很大的性格，惊险的项目一个都不怕，硬是把从来没有坐过山车的苏含拉过去，逼迫他坐了人生第一次的过山车。

没有想象中的那么吓人，但下来的时候苏含还是隐隐有些不适，坐在椅子上休息了一会儿，过了会儿被陆诗诗拍了肩膀，她递了个很大的棉花糖来。

天色渐晚，夕阳下陆诗诗甜美地笑着，拿着棉花糖给他的画面，好像慢镜头一样，冲击到他的内心。

陆诗诗坐在他旁边，脸上有着意犹未尽的笑颜："我记得上一次去游乐园大概是高中毕业吧，和我之前的男朋友去的。"

苏含倒是很惊讶她会开口提前男友的事，只是安静地听着。

"其实不久前我们刚见了面，刚来这里的时候我也一心相信只要心里坚定，异地恋不会那么容易散，可是还是抵不上距离和猜疑，最后还是和其他异地恋一样，就那么分了，"陆诗诗说着叹了口气，看着苏含，"大叔，你呢？"

"我？"苏含想了想，觉得她应该在问自己之前的感情问题，于是很大方地说道，"我们倒不是异地分的手，因为我学业太忙没时间照顾她，我太在乎自己未来的发展，并没有把她放在一个很重要的位置，可能是她意识到在我这里得不到该有的爱，然后和前男友重修旧好了。"

虽然苏含说这段话的时候显得云淡风轻，但陆诗诗隐隐中觉得苏含当时应该是受了不小的刺激，所以打住不再问下去："大叔你是什么时候来这里的？"

"就是和她分手之后，分手就直接来这里读研究生找工作了，其实那个时候我就打算出国，只是因为前女友的关系一直还有些放不下，分手之后索性就没那么多顾虑了。"

陆诗诗算了算，惊叹道："都单身这么多年了？"

苏含笑了笑："是啊，这么多年了。"

"那大叔你也算痴情，你还在等她吗？"

"她已经结婚了，"苏含看着很远的地方，"我倒是不会想她，只觉得太在乎自己，太固执，现在也算事业有成，拥有我想拥有的东西，但那时候的那个人却已经找不回来了。"

陆诗诗听了这段话，脑海里突然浮现出纪谖的脸来。

不知道纪谖以后会不会像苏含一样后悔，可能到那时候他就算意识到，想找的人也已经不在了吧。

可是，即使到那时候，他心里想要找回来的人也不是自己，是江若岚吧。

思绪被拉到很远的地方，苏含在她面前打了个响指："想什么呢，这么入神？"

"哦，没什么，"陆诗诗摇摇头，"在想你单身这么久就没碰到过合适的吗？"

苏含仔细想了想，的确这么多年不是没遇到过不错的，只是自从上次分手之后，他对于爱情便没有了期待，没有期待就不会去主动追寻，而大多数女孩子都被动，既然苏含表现出没什么兴趣的样子，她们也不想去倒贴。

或许是习惯了一个人，觉得什么都要和别人报备特别麻烦，也可能是一直觉得之前遇到的人都不是那个注定的她，如果不是无可取代的，那就像电视里说的，将就便没什么意思。

两个人在游乐园的椅子上聊了很久，天色黑了下来，游乐园亮起了霓虹灯，变得特别好看。

这么美丽的场景，如果是情侣牵着手走过，可能会感动得哭出来。

虽然身边的苏含也是个高富帅，但陆诗诗觉得和他在一起的时候没有任何触电的感觉，甚至在他的车上都可以完全放松地睡过去，到家的时候苏含看到身边睡得正香的陆诗诗也没有第一时间叫醒，只是安静地在旁边等着。

大约过了一个小时，一条短信的振动才把陆诗诗吵醒，她发现自己在苏含的车上睡着了，觉得有些不好意思，也在心里感叹这个男生实在太温柔了，连细小的声音都不发出来，就这样让她睡着。

回家后苏含让陆诗诗先洗漱，等她进房后苏含才洗漱整理房间。

第二天周日，苏含早上做好早餐，陆诗诗闻着早餐的香气醒来，吃得正高兴，苏含突然说："对了，昨天晚上我出去倒垃圾的时候看到邻居那个你说的中国男生了，他看到我似乎有些惊讶的样子。"

陆诗诗手上的动作蓦地停下，眼神也变得恍惚，声音轻轻地问了句："他没和你说什么吗？"

"他就冷冷地瞥了我一下进门了，看上去不是个特别容易相处的人。"

陆诗诗尴尬地笑了笑："他这个人是很慢热的，看到陌生人总是一副面瘫脸。"

"我在想是否需要表示友好，送些水果之类的。"

"不用不用，"陆诗诗忙摆手，"和他也没有那么熟啦，你这么做他反而会觉得奇怪，老死不相往来就行了。"

苏含觉得陆诗诗的反应有些古怪，但也没有多想。

两人在房间自己忙自己的事，到饭点苏含会准时来叫陆诗诗用餐，这样的日子让陆诗诗感觉实在太逍遥，不用自己愁吃饭的事情，有时候陆诗诗乱扔的衣服苏含也会顺手去洗衣室帮她洗干净，这种有人照顾又有自己空间的生活让陆诗诗依赖起来。

眼看着一个月时间就要到了，陆诗诗有意无意地问起苏含房子装修得怎么样了，对方回答一切顺利之后陆诗诗却默默觉得有些失落。

可能像陆诗诗这种姑娘太容易依赖别人。

已经开学半个多月了，陆诗诗奇怪这么长时间一次都没遇到过纪谖，也不知道他是不是故意躲着自己，还是知道了自己的作息，故意岔开不想见，但毕竟住得这么近，总是要碰到的。

那天苏含上班，陆诗诗上完上午的课回家的时候正碰上纪谖准备出门，看到他在走道上陆诗诗的脚步无意识地放慢，正犹豫着要不要打招呼，对面的人就先开口，用冷冷的口气问道："你在和别人同居吗？"

陆诗诗想解释，但又觉得没什么必要，淡淡点了点头"嗯"了一声。

对面的人看上去非常生气的样子，他拉着陆诗诗的手就往后走，陆诗诗一边喊着"你干什么"一边跟着他走。

把陆诗诗带到自己的车内，纪谖长长地吐了一口气，然后看向陆诗诗："你这是在做什么？"

"什么做什么呀，"陆诗诗有点生气他这样，不分青红皂白就觉得她是个轻浮的人，语气加重说道，"不是你想的那样好吗？"

"那是怎么样？"纪谖挑着眉看她，用着一副"我倒要看看你怎么解释"的表情。

"比较复杂，而且我也没有必要什么都跟你解释得一清二楚吧。"陆诗诗心想，你是我谁啊。

纪谖觉得自己这样的质问的确显得有些唐突，可能只是一时心中的怒火旺盛难以克制，所以才会做出这么出格的动作来。

冷静了一下，纪谖也觉得自己的行为有些不合时宜，跟陆诗诗道了个歉："对不起，可能因为太久没见到你了，所以有些失控。"

陆诗诗没有太懂这句话的深意，但她认为这应该可以视为一种表白。

本以为像纪谖这种冷血的人应该会不再管陆诗诗的死活才是，没想到才一个简单的正常关系的同居就把他逼成这样，陆诗诗心里还是有些暗爽的。

纪谖对陆诗诗说自己打算去超市，要不顺路带她一程。

陆诗诗也没多想，便答应了。

两人来到之前一直一起去的超市，习惯性地两人合推一辆推车，陆诗诗选了些平时要用的大件的生活用品，结账的时候陆诗诗才发现自己的东西早就和纪谖的东西混在一起了，陆诗诗还来不及把两人的东西分开，纪谖就很习惯性地一起埋单。

回家后陆诗诗问纪谖要了收银条想把东西都分开并算清钱，纪谖则很霸道地把东西全部搬到自己家，然后对陆诗诗说一会儿他把自己的东西全拿出来剩下的会送去陆诗诗家。

虽然觉得这样很麻烦，但如果现在在家门口"分赃"也显得很诡异，陆诗诗也只得答应。

但纪谖并没有马上把陆诗诗的东西送来，苏含回家两人一起吃好饭的时候，门铃才响了起来，陆诗诗也没多想就去打开门，看到纪谖提着两大袋东西站在门口，眼神有些阴鸷。

正收拾着碗筷的苏含完全没发现两人中横亘着的尴尬，友善地朝纪谖打了个招呼。

纪谖瞥了他一眼，然后收回视线到陆诗诗身上，把袋子递给她："东西都整理好了。"

陆诗诗接过袋子,走到一边拿起钱包问:"谢谢,多少钱?"

纪谖话没多说,转身就走了。

在一边的苏含多少觉得两人的关系看上去有些古怪,但也没有多问,继续打扫。

陆诗诗拿着袋子,在门口傻站了一段时间才回过神,她也不想苏含乱猜,所以就索性大方承认了和纪谖之间的关系。

"今天回来的时候遇到他,就一起去超市买东西,然后两个人一起结的账,也没分清楚就回来了。"

苏含其实并没有想八卦的意思,只是很有礼貌地表示出一副感兴趣的样子来。

"其实我和他吧,之前并不是这种关系,不过我回国前发生了一些事,所以现在两个人见面变得有些尴尬而已,"陆诗诗笑着挠了挠头,"我也不想瞒着你啥,反正告诉你也没关系。"

苏含其实多少猜到是感情上的纠葛,毕竟年纪看上去相仿的两个单身年轻人,住得那么近,若是发生些什么,也不足为奇。

苏含泡了杯水果茶,递给陆诗诗。

两人在沙发上坐下,陆诗诗缓缓地把和纪谖的事情都述说了一遍,她也不知道为什么,只是觉得苏含值得信赖,又或许心里一直对这件事压抑太久无处发泄,好不容易找到个机会可以顺理成章地说,陆诗诗便毫不顾忌地和盘托出。

她是个藏不住心事的人,所以把故事毫无保留地告诉了苏含。

两人也没喝酒,光是喝茶,陆诗诗好像就有些迷失,说到动情之处还忍不住哭了出来,苏含虽然对恋爱的经验不多,但知道女人这种时候应该都需要一个肩膀,便坐到陆诗诗身边,轻轻拍了拍她的头:"好了,不难过了。"

苏含想来也觉得奇怪,虽然感觉自己不会再为个人感情而伤心或快乐,但听了陆诗诗的故事,却能感同身受,虽然不觉得这个故事里谁辜负了谁,但还是有很多值得惋惜的地方在。

陆诗诗顺着往苏含的肩膀上靠,泪水几乎打湿了他的右半边衬衫。

两人聊到很晚才各自回房休息,陆诗诗躺在床上脑子里想的全都是纪谖,虽然和他在一起的时间不算久,但是这种感情居然刻骨铭心到让陆诗诗这种向来没心没肺的人都觉得惊讶。

睡醒的第二天,陆诗诗的眼睛肿得厉害,发现苏含已经离开家了。吃着他准备好的早餐,陆诗诗突然发现这将近一个月的时间,她已经太习惯有他的照顾了,这种照顾和之前与纪谖在一起的感觉比起来,更加安心和理所应当。

其实说起来之前她对自己和苏含之间从来没有超越朋友关系的幻想,但自从昨天两个人身体上有接触之后,陆诗诗的心里出现了一个小到肉眼都看不见的突起。

虽然相差十岁是个不可逾越的鸿沟,陆诗诗也还不到急着谈婚论嫁的年龄，但不可否认的是这段被苏含照顾的日子，是陆诗诗过得最安心的一段时间。

或许经历过了那些轰轰烈烈，这种平静和淡然才是大多数人最后所要追求的。

苏含长得帅，性格又好，他拥有可以容忍陆诗诗一切的气量，也有张让陆诗诗看不腻的脸，若不是一直以来苏含都待人太有礼貌，让人不带有任何非分之想，陆诗诗也不至于一直心如止水。

就算是借机疗伤也好，想找个人陪伴也好，陆诗诗还是想给自己一个机会，也不想让自己在不可能的纪谖面前显得那么可怜和失败。可能每个人的心里都有报复的欲望，又或是不认输的固执，在那当下陆诗诗只是想告诉别人以及她自己，自己并没有为情所伤，没有谁离了谁就不能活，她照样可以活得洒脱。

晚上等苏含回家，陆诗诗提议两人一起看电影，还为此找了一部感人的爱情片。两个人抱着自制的爆米花看完电影后，苏含发现陆诗诗已经睡着，看着时间也不早了，苏含没有多顾虑，把陆诗诗抱到卧室给她盖上被子。

虽然陆诗诗迷迷糊糊的并不清楚究竟发生了什么，但隐约中感觉有个温暖而柔软的怀抱，让她觉得无比舒心。

本以为这样的日子应该会持续很长一段时间，可苏含突然就告诉陆诗诗新房子已经装修好可以入住了，知道这个消息的陆诗诗并没有因为自己可以重新拥有一个人的小天地而高兴，反而是一下子觉得很失落。

在帮苏含整理行李的时候，陆诗诗的不高兴全写在脸上，可能自己心里也不舍得，看到陆诗诗这样，苏含突然有些犹豫，甚至想找借口继续住下去，但他也知道这并不是长久之计，这样下去迟早会产生抑制不住的情愫，还是做个了断来得干脆。

送他上了车，陆诗诗一直闭口不说话，从外面看着车里的苏含，眼中都快噙出泪水来。

两人做了个漫长而沉默的道别，苏含还是把车开走了。

陆诗诗看着车子缓缓开走的景象，还是慢慢把不舍放下了。

回到家，面对空落落的房间，陆诗诗一个人无力地坐在沙发上，看到原本都成双放着的东西现在又变回了单数，心里有说不出的苦涩滋味。

就算不是情侣，但这样和睦地朝夕相处这么久，多少还是会有感情的。

陆诗诗突然有些不知所措，看了会儿书后肚子饿了，突然想起了苏含的厨艺，想打个电话问他是否一切安好，又觉得似乎太黏腻，放下手机打开冰箱，发现苏含买的食物都没有带走。冰箱里备着一些速食面、馄饨和饺子之类的，可能苏含知道陆诗诗平时一个人不会煮饭，所以趁她不注意的时候买了许多，可能这种细致入微的关照，让陆诗诗已经觉得有些习以为常。

习惯是非常可怕的一样东西，苏含不在的之后几天，陆诗诗简直感觉没办法自理，原本一天有很多空闲的时间，现在要洗衣服、做饭和做家事，一下子觉得每天都忙得不可开交。

苏含回去之后给陆诗诗报过一次平安，说一切都好，叫她不要担心，并且问她过得如何，陆诗诗为了让他不要担心骗他说一切都好。

本以为两人之间不会再有什么交集，但不久后的一天陆诗诗突然发高烧，在家里找了半天都没找到药箱，于是打电话问苏含把家里的药箱放在哪里。吃了药的陆诗诗迷迷糊糊地躺下睡觉，睡梦中似乎听到了门铃的声音，但觉得应该是错觉，没有搭理，过了会儿她蒙眬中看到一个身影，很熟稔，很温暖。有个人走过来抬起她的头，给她递了杯温水，柔声问道："你还好吧？"

还以为自己是在做梦，陆诗诗声音极轻地应道："你怎么在？我是不是烧傻出现幻觉了？"

"我只是因为担心你，来看看你，之前有配备用钥匙，忘记还给你了，对不起。"苏含给她量了个体温，三十九度，本想拉着她去医院，但从小看到医院就怕的陆诗诗誓死不肯去，苏含也只能给她吃了退烧药，拿了冷毛巾敷在她额头上，张罗好之后又去厨房煮粥。

陆诗诗也不知道自己到底睡了多久，只是一直觉得昏昏沉沉，迷糊中似乎见到了苏含，也不知道是真实的还是梦。人飘着起床，觉得有点乏力，但是又很长一段时间没有吃东西，肚子感觉有些空荡荡的，心想着这时候简直没有比一碗热汤出现在面前更幸福的事了。也不知道是不是因为心里想着，所以连感官也被影响，陆诗诗似乎闻到了饭菜的香味，还以为是自己的错觉，走到客厅愕然发现苏含在厨房拾掇，再三确认了闻到香味不是幻觉，而是苏含煮好的粥和汤。

"醒了？感觉好点了吗？"苏含心疼地看着她，"怕你没有胃口，煮了碗粥，还给你熬了碗鸡汤补身体。"

虽然天气还很热，但是陆诗诗觉得浑身发凉，裹了条毯子坐到外面。

苏含给她盛好粥和汤，舀了一勺放到嘴边吹了吹，随即递到她嘴边。

虽然烧得迷糊，但苏含那无微不至的照顾和写满关切的眼神还是触动到她内心深层的柔软。

并没有给陆诗诗吃抗生素，而是让她喝热水和物理降温，两天之后才慢慢退烧，这两天苏含煮了许多补身体的东西给陆诗诗吃，没过多久她又生龙活虎了。

苏含看她好得差不多了，把家里的钥匙还给她，并且补给了一些急救的药物和食物，准备走的时候，陆诗诗突然觉得很不舍得。

毕竟和苏含的年龄差距放在那里，如果要做蓝颜知己，其实并没有那么多话题，现在说"以后多联系"也只是一句礼貌话而已，凭这两人的性格就算真的遇到问题，也不会想到开口去麻烦对方。

陆诗诗没有接过苏含交过来的钥匙，因为她觉得收下这枚钥匙之后，便是真的对他关上了门。

"你拿着吧，我这种大大咧咧的人很可能以后钥匙就忘了带，也算备用的放在你那里，避免以后回不了家。"陆诗诗吐吐舌头，想用轻松的口吻掩饰自己的不舍。

苏含点点头，心里其实也多少有些放心不下她的不拘小节，便没有拒绝。

在一起相处了这么久，虽说谈不上难以分离，但多少有习惯的成分在，所以才会有许多的不舍。

"我新家开车过来也就二十来分钟，下次欢迎来我家玩啊。"

苏含开口的邀约让陆诗诗一下子心情很好，本觉得不好意思再找见面的借口，而这么一来有了理所应当的理由，倒是对下一次的见面有些期待起来。

原本以为只是对方随意开口的邀约，没想到周末苏含就发出了邀请函，一早来接陆诗诗，由于说好是新家的欢迎会，所以一些苏含的朋友也会来。陆诗诗到的时候还没有其他客人来，一边帮苏含切些水果，一边觉得自己有点像这个房间的女主人一般。

苏含的房间简单干净，似乎家里没有一件多余的电器，房间也很宽敞，家里全然一副事业有成的男人该有的样子。

下午朋友们陆陆续续都来了，和纪谖不同，他的朋友大多是和他年纪相仿的人，在一起也以喝茶聊天居多。虽然没有太多共同话题，但陆诗诗并不觉得在其中显得尴尬。

和别人介绍的时候，苏含就大方地承认是装修期间租房的户主，并没有着重强调同居的事情。苏含的朋友也不像大学生那样喜欢起哄,都是很懂得分寸的人,知道什么玩笑能开什么不适合。

基本上苏含一个人完成了整个晚餐,吃饭的时候大家喝了点酒,然后围坐在一起开始抱怨工作。陆诗诗这是第一次觉得成年人的世界原来有这么多烦恼,之前觉得学校要求交一篇论文就已经是天要塌下来的事了,但和他们遇到的那些相比起来,似乎自己那些根本就算不上事儿。

可能是自己一直以来还太稚嫩,涉世未深,成长得太慢,也对这个世界抱有太多美好的幻想。

批斗大会结束以后,苏含很有礼貌地把客人一个个送走,最后留下陆诗诗,他抱歉着说道:"不好意思,刚才没空招待你。"

"没有啦,"陆诗诗一边帮他收拾东西一边说,"不用管我,我很自在的。"

苏含看了时间,也不早了,对陆诗诗说:"我送你回去吧。"

陆诗诗点点头,起身收拾东西。

到楼下车库的时候,苏含才想起来刚才有人跟他说,来的时候车出了故障,向他借了车开回去。

苏含抱歉地看着陆诗诗:"不好意思,忙得给忘了。"

陆诗诗忙摇手:"没关系,我叫车回去吧。"

国外的出租不如国内这么容易打,大晚上如果不用Uber这种软件基本是不可能打到车的,而晚上这个点就连Uber也很难叫。

两个人傻等了十分钟无果，苏含看了看时间，觉得应该是打不到车了，于是问道："要不今晚就暂时在我这里住一下吧，我这里有干净的换洗被子。"

陆诗诗也不想大晚上的再折腾，再加上和苏含有了那么久的"同居"经历，睡在同一屋檐下也不是什么新鲜事儿了，也没有多犹豫就答应了下来。

回屋后，苏含一直在房间里整理床单被套，陆诗诗在外面收拾的时候意外发现还有许多没有喝掉的红酒，由于大家东开一瓶西开一瓶，软木塞也都随手扔了，陆诗诗觉得这酒倒了也怪可惜的，就拿起酒杯一个人慢悠悠地喝了起来。

苏含整理好东西出来的时候，陆诗诗已经喝得有些晕晕乎乎了。

她试图站起来，但却觉得眼前一片眩晕，又立刻坐了下去。

"喝了多少？"苏含走过去，把剩下不多的酒瓶收起来。

"喝了好像没多少啊，"陆诗诗低着头，用力眨了眨眼，"但感觉头晕晕的。"

"你晚上喝得就不少，又加上刚才喝的，估计是喝多了。"苏含的口吻中没有责备，倒是有些心疼。

陆诗诗回忆起来，如果是纪谡，肯定早就把她骂得抬不起头了。

这个名字似乎有段时间没有出现在陆诗诗的生命中了，在这个微醺的夜晚突然想起来，胸口会有莫名的抽痛。

"苏含,你有没有过很喜欢一个人的感觉?"

或许是因为年龄和经历的差异,陆诗诗和苏含很少认真地谈起感情经历,苏含在她对面坐下,深情地和她对视:"说实话,你到我这个年纪就会发现,什么感情都不会太浓烈。"

"那你年轻的时候总有过吧?"陆诗诗抱着死缠烂打的精神追问道。

"或许多少有过吧。"苏含倒了刚才多余的红酒,一口喝完。

"所以你会特别想念一个人吗?"

"不会,我一直是一个很理性的人,不会太过情绪化。"

"那我倒是挺羡慕的。"陆诗诗叹了口气,整个脸趴在桌上。

"你是想那个邻居了吧?"苏含的声音听上去酥酥的,甚是好听。

陆诗诗也没否认,头继续蒙在胳膊里,发出闷闷的声音。

苏含看她好像很难过的样子,也没有催她梳洗睡觉,只是在一边静静地喝着酒,放着舒缓的音乐。

可能是情绪被渲染了起来,陆诗诗突然止不住地流起泪来。

看着她微微抽动着的肩膀,苏含没有束手无策,他倒了杯热水,放在陆诗诗面前,低沉地说:"喝点热水吧,醒酒。"

陆诗诗虽然嘴上不说,但心里觉得苏含的做法非常妥当,既没有冷落她,也没有让她感觉尴尬。

陆诗诗喝了口他递过来的热水,突然觉得整个胃翻江倒海,捂住嘴往厕所跑,在马桶边蹲着不顾形象地猛吐起来。

苏含走过去轻拍着她的背，眉头紧蹙着。

空气中弥漫着浓郁的酒精味，让人闻着就不舒适。

把晚上吃的食物混合着胃酸一起倾倒出来，陆诗诗突然觉得整个人舒服了一些，但头晕乏力，有些眼花缭乱。

苏含倒了杯温水给她漱口，陆诗诗却一口猛地喝了下去，并没有觉得这个画面很恶心，苏含倒是觉得有些可爱。

陆诗诗半眯着眼看着苏含，嘴里喃喃了两句。

没有听清，苏含凑过去，磁性的声音萦绕在陆诗诗耳边："怎么了？"

也不知道是声音的刺激作用还是酒精的催化作用，陆诗诗没有太多意识地就对着他的嘴吻了下去。

被这个举动吓得整个人不敢动弹的苏含怔在原地，瞪大眼睛看着陆诗诗。

虽然知道对方是因为喝多了酒，可能产生了幻觉，也可能是带有一抹突如其来的冲动，总之这样的动作是可以被原谅的。

苏含并没有回应，并不是说讨厌或是不知所措，只是他认为在对方没有意识的情况下做什么都不合适，反而是怕她醒来尴尬，索性抱着想隐瞒此事的态度，假装并没有感受到这个吻。

陆诗诗吻着吻着觉得浑身无力，瘫软在苏含的肩膀上。

暖黄色的灯光把人的影子照得很柔软，苏含低头看着两人在地上的叠影，内心涌动着一丝奇异的感觉。

他摇了摇陆诗诗，对方没有反应，于是一个公主抱把她抱进房间。

可能内心深处对苏含有着无限的信任，陆诗诗才会让自己喝得这么醉。

其实后来她慢慢清醒过来的时候，回忆起了那个吻，她不确定这个吻是因为太思念纪谖，还是酒后乱性，还是单纯地在那一刻看到苏含很想扑到他怀中。

并不想深究这个问题，睡在客厅的苏含一夜未眠，半夜陆诗诗起床上厕所的时候苏含因为有些担心，条件反射般站起来，迅速倒了杯温水过去。

陆诗诗接过水，表情有些诧异："你没睡吗？"

"没有，我怕你晚上有什么要帮忙的，就浅眠了一下。"

陆诗诗听着心里有些感动，就像这喝下去的温水，暖流一直在胸口停留。

上完厕所洗了把脸，陆诗诗捧着杯子坐到苏含身边，显得有些尴尬，手不停地摩擦着杯沿，似乎是想说些什么又不知道如何开口的样子。

沉默了一会儿，陆诗诗深吸一口气，说道："今天晚上真是太失态了，不好意思啊。"

"没事，是我没安排好，应该把你送回家就没事了。"

成熟男人总喜欢把错误责怪到自己头上，让明明先犯错的那个人变得越发不好意思。

好像没有一次，苏含会抱怨别人，他习惯性地从自己身上开始寻找做得不够的地方,而忽略了别人的不是。

陆诗诗想起来,上等人是有本事没脾气的,她觉得苏含就是这样的人。

他会把所有的事情都张罗好,不让你操心,有做不好的地方,他还会自我反省,而不是责怪别人没有帮上忙。

这样的男人给人安定而坚实的力量,是个让人能依靠的肩膀。

陆诗诗把头轻轻靠在苏含肩头上。

可能是累了,可能是此刻地心引力的关系。

这是她此时最想做的事。

让她感觉无比安心。

"放心我现在清醒着,我只是想借着你靠一靠。"陆诗诗徐徐开口说道。

"没关系,想靠的时候随时都可以,我就在这里。"

这样的对话听上去就像偶像剧里的旁白,让人不由自主就觉得自己瞬间化身成电影的男女主角。

陆诗诗慢慢闭上眼,感受此刻的温馨与宁静。

苏含摸了摸她的头发,轻轻拍她的背:"再回去睡会儿吧。"

陆诗诗摇摇头:"我想再靠一会儿。"

苏含没有再吱声。

就这么静坐了一个小时,陆诗诗也就迷迷糊糊睡了过去,怕她睡得不舒服,苏含用很轻微的动作把她抱起来,蹑手蹑脚地走到床边,再把她轻轻放下，但即便是这么细小的动作，还是让睡觉的时候极度没有安全感的陆诗诗醒了过来，她微眯着眼看向苏含，喃喃地开口说道："谢谢你。"

苏含只是摇摇头，帮她把被子盖上。

像是毫无安全感的婴儿，陆诗诗猛地拉住苏含，细声说道："陪陪我吧。"

像是感受到了她的柔弱，苏含更是不忍心，坐在她身边轻拍着她的背，嘴里轻轻哼了两句："我在。"

在蒙蒙胧胧之中，陆诗诗似乎一直抓着苏含的手，就这样保持着一个动作坚持了一晚上。

第二天醒来的时候陆诗诗发现苏含靠在床沿就这么睡了过去，有些心疼又有些感动。陆诗诗试图不吵醒苏含，轻声起床后打算给苏含准备早餐，却发现他家的电磁炉自己不会用，倒腾了半天一个不小心把锅摔到了地上，刺耳的声音一下子就把苏含给吵醒了。

他揉了揉眼，走出来看到这番场景并没有关心被弄得一塌糊涂的厨房，而是走过去很自然地抓起陆诗诗的手查看了一番，确定没事后还蹙着眉看着陆诗诗："没伤着吧？"

苏含的这个举动，让陆诗诗莫名心跳加速。

好像女孩子就是没办法抵抗这种突如其来的关爱，特别是在自己做错了事应该遭受责罚的时候，对方却异常担心你，没有给你增加任何压力，反而是不忍心你伤着碰着，把你当宝似的捧着。

陆诗诗看着他如此紧张的反应，突然心里一暖，紧紧地盯着他说道："你为什么这么关心我呀？"

被陆诗诗问得有些不好意思，苏含把头低得更低，回道："没有为什么，不由自主。"

"我还以为你对谁都这样呢。"陆诗诗的口气听上去有些轻飘飘。

"并不是，"苏含放下她的手，看着她，"只有对我在意的人会。"

听到他的回答，陆诗诗有些羞赧起来，脸颊两边迅速攀上红晕。

在这有些暧昧的气氛下，两人都不敢轻易开口，怕破坏了当下的气氛。各自酝酿了一会儿，苏含深呼吸了一口，徐徐说道："看到你就忍不住有冲动想要照顾你。"

虽然很隐晦，但这的确是一种意味明确的表白。

陆诗诗的表情看上去似笑非笑，清了清嗓回道："我也喜欢被你照顾。"

心照不宣，一拍即合。

有些话不需要说得特别明了，一切都可以顺其自然地发生。

Episode 09

竹马
的她

从那天以后陆诗诗和苏含经常黏腻在一起，平时苏含会去陆诗诗的家陪她，一到周末苏含则会把陆诗诗接到自己家中。不仅仅在生活上，在学习上苏含也能帮到陆诗诗许多，苏含的英文底子特别好，很多国外留学的人英语水平只有听说不错，而苏含的读写水平也和当地人不相上下，对于写报告和论文非常头疼的陆诗诗来说，有这样一个人帮她修改与提建议，很多事都会变得轻松许多。

和苏含在一起的时间过得特别快，冬天过去马上就迎来了春天，两个人几乎整天都会在一起，但又不会太黏腻。和之前与纪谡在一起的时候完全不同，纪谡是个特别挑剔的人，虽然对陆诗诗也会有无微不至的照顾，但是更多的时候会给陆诗诗一种无形的压力，好像他是不信任陆诗诗可以妥善处理所有的事而帮她善后，并不是那种抱着很宠溺的态度的父母对孩子的不放心。

而苏含则完全不同，他的成熟总给陆诗诗一种放心她做任何事，但又不舍得她操任何心的态度。

只要陆诗诗主动想要去做的事，苏含总是全力支持，真做不好的时候，苏含也会默默帮她把后续的事情做完。

给人完全独立的空间、完全的信任与完全的支持。

陆诗诗觉得过得特别轻松与开心，虽然看到苏含的时候不会有那种剧烈的心跳，但那种安全感是任何心情都比不了的。

虽然是很遥远的事，但陆诗诗一直会想象两人未来的日子。

两人也不止一次讨论过陆诗诗毕业之后的事，对于在国外求学的恋人来说，最艰难的事就是面对毕业后双方的发展问题，很多时候就是因为许多客观的因素和双方的不肯妥协，导致不得已分手。

不像是刚来时自己的想法，陆诗诗输给过现实一次，所以她心中总存有芥蒂，或许童话并不真的存在。

她曾试图问过苏含未来的打算，由于两人就算回国也不在同一座城市，所以看上去比较合适的办法是一起留在异国他乡。但是陆诗诗自出国的那一刻就从来没有过要永远留在这里的打算，至少目前为止她还没有改变过想法。

然而苏含并不是那么无法妥协的口吻，似乎他一直在试图找到一个对两人来说都合适的解决办法，也明确地告诉陆诗诗自己并不会辜负她，如果真的到万不得已的时候，他会是愿意做出妥协的一方。

并没有因为苏含的贴心呵护而变得越加公主病，陆诗诗反倒是跟着一起成熟上进起来，也在苏含的指导下学会了做许多菜，学会了许多生活的小常识，让她觉得渐渐有种家庭主妇的感觉。

很快就要到陆诗诗生日了，事先再三关照了苏含并不需要过多地准备什么，简简单单两人一起过就行了，而苏含还是费尽了心思给陆诗诗买了一条她一直心心念念的连衣裙和一双每个女孩都想拥有的高跟鞋。

虽然苏含的收入非常不错，但平时绝对算不上奢侈，会买好品牌的东西也绝对是因为品质过硬，使用寿命较长，而并不一味地追求奢侈品。对于这点陆诗诗毫无攀比的心理，她向来都用可爱系的东西，不过没有女人不喜欢那些可以让自己变得非常闪耀的东西，而苏含觉得这是他应该为她准备的。

换上衣服，穿上高跟鞋，吃着苏含做的西餐，喝着陆诗诗生日那一年份的红葡萄酒，在背景音乐中沉醉起来，两人刚吃完饭，门铃却非常意外地响起。

陆诗诗心想这个时候可能只有物业或管理员之类的会来，并没有多想就去打开门，却对上了表情一脸紧张的纪谖。

这个人消失了太长一段时间，突然出现，让陆诗诗觉得有些不知所措。

"你……好久不见啊。"陆诗诗尴尬地打了声招呼。

纪谖从上到下打量了她一番，余光又往屋里睨了一眼，摸着口袋，似乎有话要说的样子。

"你有朋友拜访吗？"苏含说着，拿起大衣走到门口，"我先回家了，你们慢慢聊。"

苏含看上去没有生气的样子，好像是看出了两人之间需要一定的空间和时间，遂很识相地给他们留一定的余地。

陆诗诗想留住他，但又觉得此时的氛围太奇怪，不想让他误会的同时，也不想让纪谖显得很没面子，所以顺着苏含的台阶，让他先回家，走的时候还故意当着纪谖的面与苏含亲吻了一下。

并不是想给纪谖脸色或是有报复的心态,她只是希望给苏含一份安全感。

苏含走的时候脸上堆满了笑意和谦逊,他朝纪谖点点头后就离开了。

苏含走了以后过了一段时间,两人才开始对话。

"进来坐会儿?"陆诗诗邀请道。

纪谖也没有拒绝,进到屋子里。

他用很慢的速度走着,看着房子里的每一个角落:"好像变化挺大的。"

纪谖可以看出所有这里与以前他在时的区别,每一个摆件的角度都那么记忆犹新。

"是啊,已经过了很久了。"

陆诗诗在说出这句话的时候,不由自主地觉得胸口一阵隐隐抽痛,好像人在面对时光飞逝的时候,总是显得那么渺小且不堪一击。

纪谖吐了口气,转过头来看着她。

屋子里没有开灯,而是闪着晚餐时的烛光,恍恍惚惚,人的影子也跟着飘忽不定,好像那两颗无处安放的真心一样。

"今天你生日,我记得。"纪谖说话的时候声音显得很重。

陆诗诗微微一笑:"劳烦您上心了。"

纪谖慢慢从口袋中摸出一个包装精美的盒子,然后递到陆诗诗面前:"送你的。"

看着上面的Logo陆诗诗就知道并不是便宜的东西，觉得自己没有合适的身份收这份礼物，但别人为你精心挑选的东西如果就这么轻易拒绝也显得太不给面子。

正犹豫在那里，纪谖打开了盒子，里面是条非常精美的珍珠项链。

他走到陆诗诗身后，一边解开项链一边对她说："我帮你戴上吧。"

陆诗诗在原地没动，好像一直都是这样，每次面对纪谖就没了主见，他说的话都忍不住听从。

纪谖用了很温柔的动作帮陆诗诗戴上，非常漂亮的款式，很衬陆诗诗清纯的气质。

纪谖似乎很满意自己选的礼物，用手抵着下巴嘴角上扬地看着陆诗诗："很完美。"

陆诗诗看着他，两个人静静地对视了片刻，也不知道在这样的场景下要说些什么才合适，于是不谋而合地选择了沉默。

烛光下，两个人眼睛里的光忽明忽暗。

有一句话是这么说的——哪怕只是一瞬的肌肤相亲，也胜于永久的静静凝视。

纪谖脑子里突然冒出这句话，然后就付诸实践，他毫不犹豫地用手捧住陆诗诗的脸，亲了下去。

这个吻让人猝不及防，陆诗诗还没来得及做出任何反应，纪谖就放开了她。

短暂、意外、却有些怀念的吻,让气氛一下子旖旎起来。

陆诗诗也并没有生气或是害羞,她只是有些错愕和愧疚,觉得自己做了什么很对不起苏含的事情一样,虽然说起来并不是她主动挑逗或是给对方任何暗示,但发生的事情无法就这么当没发生过一样蒙混过关,也无法很坦荡地直接坦白。

脑海中想了无数乱七八糟的画面和对白,却始终没有勇气询问纪谖这个吻的意味。

这并不像是一个单纯的问候,因为那个吻所包含的力道绝不只是浅尝辄止那么简单,陆诗诗觉得如果自己不去主动躲开,对方保不准下一步会做出什么举动来。

"谢谢你送的生日礼物,有心了,不过以后就不麻烦你送这么好的礼物了。"陆诗诗说这句话的时候其实也并没有排斥或是抗拒,只是单纯不希望纪谖再对自己有任何特别的表示,她怕自己会控制不住,也怕会再一次受伤害。

毕竟女人都是非常感性的动物,被爱情冲昏了头脑的女人更是,对方的一句话或是一个眼神就可以令自己神魂颠倒,明知道自己会再一次受伤,也毫不犹豫地选择飞蛾扑火。

陆诗诗知道她就算发过一百次"不要再被纪谖迷惑"的誓也比不过他的一个深情款款的眼神。

面对这样的人,最好的做法就是敬而远之。

纪谡似乎看出了她对自己的距离感，觉得有些伤心，但毕竟自己伤人在先，也没什么站得住脚的立场去反驳。

"刚才那个是你新的男朋友吗？"他用着很温和的语气问道。

"嗯，"陆诗诗点点头，"交往得并不久。"

"看上去挺靠谱的。"纪谡坐到餐桌边，烛光忽明忽暗，把他脸上的轮廓照得非常立体与深邃。

"嗯。"陆诗诗点头，也不知道要说些什么，既不想炫耀，也不想贬低，毕竟跟自己的前男友说自己的现男友，并不会有什么好下场。

"有什么长远的打算吗？"也不知道是不是错觉，纪谡盯着陆诗诗看的样子，眼里似乎充满了希望与祈求。

"没有，先把学业结束了吧。"陆诗诗说话的时候并没有看着他，像是在逃避什么一样。

纪谡意味深长地叹了口气："是啊，有时候真想像你们这样，不需要有那么明确的目标，想做什么做什么，未来有无限可能。"

陆诗诗并不是很理解，问道："有明确的目标有什么不好的？"

"并不是不好，只是觉得人生太无趣了，就像数学公式一样，一步步推断下去，不管怎么样答案都是唯一的，不会有任何意外，"纪谡想了想，"我生命中最意外的事情或许就是和你相遇了。"

陆诗诗听了这番话，也不知道意味着好还是坏，便没有给出反应。

"那遇见这种意外，你后悔吗？或者说，你还想再次遇见吗？"陆诗诗低沉着问道。

纪谖似乎很认真地想了想，然后坚定地回答道："想。"

也不知道是为何，这个字让陆诗诗觉得很暖。

很多恋爱中越痴情的人，结束的时候越绝情，而恋爱中漫不经心的人，总是用很长很长的时间去忘掉回忆。

爱情就是这么折磨人的东西，拥有的时候，美好得空气中都散发着甜味，对天发誓这辈子都绝不后悔，然而就像歌词里说的，热恋的时刻最任性，不顾一切地给约定，到散场的时候，什么海誓山盟都不过是一句台词而已，没有人真的挂记它。

留下的只是对浪费青春的悔恨而已。

所以当陆诗诗意识到自己对纪谖来说并不是一场后悔的时候，她心里是很满足的。

"其实你不在的那段时间，我一直在问自己，我自己坚持的东西到底是什么，我那些被束缚的东西究竟是什么，我放不下的是什么。"

"别说了，纪谖，"陆诗诗打断他，"是的，是我喜欢你没错，但是我也不是这种呼之则来挥之即去的人，我们既然已经分手了也不需要有这种藕断丝连。我还是可以接受和你做邻居，不会为了你搬走，也不会再故意避开你，看到你还是会打招呼。但是我觉得我们之间也就这样了，不会再像以前一样走得那么近，我不会再刻意关注你和讨好你，可能你被女孩子众星捧月惯了，所以有人对你不理不睬你就会受不了。其实你还是太骄傲了,觉得全世界都可以围着你转,你想要的东西都会得到,喜欢你的人都会永无止境地等你。纪谖,你错了,这世界上有很多东西失去了就是失去了,错过了就是错过了,回不去的。"

"这种化学公式一般的定律,在真的碰到感情的时候,不都说不通了吗?"纪谖反驳道,"在遇到喜欢的人的时候,什么底线都会放弃,什么坚持都会改变,你固然可以往前走,但若停下脚步,就可以等到后面那个朝你奔跑的人,我现在愿意停下脚步等你。"

陆诗诗眉头微微蹙起,默不作声地看着纪谖。

"如果你愿意再给我一次机会,"纪谖声音变得很轻,手朝着陆诗诗微微抬起,"再给我们一次机会,结局一定不一样。"

陆诗诗看着他的手,犹豫不动。

其实心里已经发过无数次的誓,再也不要惦记着纪谖,也再也不要被任何花言巧语所迷惑,可能是一直以来心里都不相信纪谖真的会来挽回自己,所以当初在做那些兴师动众的承诺时才会那么义无反顾。

然而现在,这个当下,纪谖就站在她对面,用着有些恳求的声音说出那些她想都无法想象的话的时候,她真真切切地动摇了。

陆诗诗不想让纪谖看出自己那么明显的不知所措,她走到一个角落,让落在她脸上的光显得不那么刺眼,轻声说:"我并没有想到你会来对我说这些。"

"说实话我也没有想到,其实像我这种人,就算真的心里有后悔和不甘，也不会低声下气地去认错或乞求，但是当我真的看到你和别人在一起的时候，我不受控制，我一次次地想拉住自己不要冲动，但是我的理智还是被消耗殆尽。这可能是我这辈子唯一一次的纠缠，我希望你可以认真地考虑。"

"纪谖，我不知道在你的世界里爱情意味着什么，但在我的世界里，爱情就意味着不能互相辜负，意味着承诺，意味着忠贞不渝。我不希望你心里还有其他人，如果这样的话，那我真的无法接受，我不是一个代替品或是消遣，我希望对一个人真心，也希望对方可以以真心回报。"

"我知道，"纪谖点头，"对过去我已经释怀了，并且我意识到当初那个耿直的自己有些愚蠢和不成熟，所以我现在才会站在你的面前和你说这些话，因为我已经彻底放下过去了。"

陆诗诗很想详细问下去，但是怕多问反而会让双方都不愉快，也就忍住没有再追究下去。

"我现在有男朋友，我有不能辜负的人，所以我不可以为了你而伤害到他，原谅我现在不能给你答复。"

"我可以等你，"纪谖认真地看着她，"这次换我等你。"

把纪谖送回家后，陆诗诗一个人坐回到沙发上，她看了看手机，并没有来自苏含的电话和信息，于是她主动发了个消息说自己洗完澡准备睡觉了，对方也很快回了句"晚安好梦"，好像今天晚上的事情苏含根本不介意一般。

陆诗诗虽然觉得苏含这样的做法很成熟，但也难免会怀疑对方是不是真的在乎自己。

如果今天是完全相反的境地，以陆诗诗的脾气绝对不会这么善罢甘休的。

毕竟前任一直是每个人都无法忽视的存在，即使现在毫无感情，但在曾经，某个时段，两人的爱情是真真切切的，两人的誓言也许也是发自内心的，想永远在一起的承诺也并不是无稽之谈，只是真的到分手的那一刻，有的人觉得付出是收获，有的人觉得付出是损失。而经过漫漫时间的洗礼，再浓郁的感情都会被冲得寡淡无味，再谈起的时候可能不痛不痒，但那曾经的热烈还是会忍不住让现在在身旁的人吃醋与嫉妒。

说白了那些都是已经过去的事了，过去的就不该被追究，但毕竟经历过就无法轻易地撇去，说过的爱也不能被收回。

说到底，人都是自私且缺乏安全感的，任何东西只要不是完完全全属于自己的，就会介意得不得了，任何情况下只要有失去的可能性，就不敢全身心去投入。

人之常情。

特别是受过伤害的人，才更加懂得保护自己。

第二天和苏含在外面吃晚饭的时候，气氛异常沉默，陆诗诗觉得应该说些什么，至少要给对方一些安心感。

"昨天晚上，你走后不多久他就走了。"陆诗诗说话的时候眼睛盯着手中的牛排，并没有正视苏含。

心中对他有点无以名状的愧疚，说到底也并没有做对不起他的事，但心里除他以外有其他的人，不知道是否能算真正问心无愧。

"你不用担心我，我并不会多想什么。"

可能是一种成熟，也可能是一种安慰，而更可能是一种……冷漠。

这样的态度，反而让陆诗诗有些不悦："你是不在乎吗？明明是我的生日，你为什么要让我前男友进来，我并不觉得这是大度，而是你的不在乎。"

苏含放下手中的餐具，认真地看着她："我经历过的，这种两边都放不下的情况。"

陆诗诗看着他，说不出话来。

好像心里哪一块被刺中一样，透不过气。

"其实并没有人能帮你真正做决定，我知道如果现在因为我的关系你放弃了心里真正想要的东西的话，总有一天你要不就是回去，要不就是后悔。我是在乎你的，可能我的爱比较成熟，我并不觉得把喜欢的人捆绑在身边才是最好的办法，你得知道你想要什么，我才能给你你想要的东西。"

陆诗诗觉得这似乎才是真正在和一个成年人对话，他的对白并不浮夸与浮躁，字里行间中充满了一种过来人的嘱咐。

似乎在人生的道路上，苏含对陆诗诗来说，更像是导师，而不是携手一起走的人。

　　陆诗诗眼睛微微眯起来，略带惭愧地看着苏含："其实我也并不知道我想要什么，就像你说的，我怕后悔，不管选择哪个，我都怕会后悔。未来是未知的，我永远不知道怎么样的选择才是最适合我的，可能正和我的性格有关，扭捏又没有安全感，做什么事都拖泥带水不干脆，等着别人帮我做决定，或者是等到逼不得已的时候做个很随便的决定。这样想来除了要一个人出国读书以外，我似乎从未追随自己的心、认认真真去决定过人生，就是现在，我还怀疑着当初要一个人出国的一己之念是不是正确的。"

　　"所以我不想成为阻挠你的障碍，你需要的不仅是时间，更是一个触发点，只有在某些时刻，你才会突然想明白你要的是什么，而那时候我相信你一定不会后悔。"

　　陆诗诗看着脸上写满了自信的苏含，微微吐了口气："其实你知道我想要什么是吗？就连你都知道，但我自己却不知道。"

　　苏含低下头笑了笑："我在你那个年纪的时候，可能也像你一样迷茫，作为过来人，我只能给你建议，但路还是要你自己选择。"

　　陆诗诗心里明白，这感情走到这里，已经不是爱情的感觉了。

　　果然开始的时候就抱着"似乎比较合适"而在一起的感情，太容易崩塌，无法依靠。

　　"你让我考虑一下，可以吗？"陆诗诗其实心里已经有了决定，但不想当下说出伤人的话，于是给了双方一个台阶下。

　　苏含也一眼看破她的心事，没有挽留，也没有放手，他知道像陆诗诗这样年纪的女孩子的世界还有很多未知，哪怕没有纪谖的出现，她也无法像他一样安安稳稳地面对一切平淡。

　　所以这样的好聚好散，让双方心里都好过。

　　回到家以后，陆诗诗并没有马上去找纪谖，虽然她知道对纪谖的爱无论经过多少时间都无法淡忘，但正是因为受过因爱而生的伤，故这一次更难义无反顾地做决定。

　　陆诗诗并没有主动去找纪谖，毕竟在她看来这次站在被选择角色的人不是自己，至少应该多少拿出一些姿态来，才不能让对方觉得自己那么呼之即来挥之则去，然而之后的时间里纪谖也并没有任何动作，让陆诗诗甚至怀疑生日那天纪谖所说的话是不是自己喝多出现的幻听。

　　由于忙于学业，这事儿在陆诗诗心里的分量比重也渐渐淡了下来，有一天赵博突然打了个电话给陆诗诗，说自己生日要办一场party，让她一起来。

　　也没有多想，陆诗诗就答应了下来，生日派对那天陆诗诗刚准备好打算出门，纪谖突然来按门铃，两人对视一眼后，纪谖礼貌地道："我载你去吧？"

　　陆诗诗没有拒绝的理由。

　　第一次来到赵博的家，是一处乡间的别墅，去了很多人，组织了烧烤派对,男生基本都在室外花园里烤着肉,女生由于怕晒,在屋里看电影玩游戏。其中有一些人陆诗诗看着挺眼熟,打了个招呼也没有热络地过去聊天,因为之前自己算是纪谖带去的朋友,别人卖纪谖的面子会和她寒暄两句,而如今无法确定别人到底以什么角色来看待她,所以陆诗诗还是选择了尽量保持沉默。

外面的烧烤陆陆续续准备得差不多了,屋里只剩不多几个人,纪谖把烤好的食物装在一个盘子里,端进屋给陆诗诗:"你怎么不出去和大家一起吃?"

陆诗诗看着外面,眯了眯眼:"人太多了,又都不是特别熟,挺不好意思的,我想等他们吃得差不多了我再去。"

"我就猜到是这样,"纪谖把盘子塞给她,"所以我把吃的给你带进来了,照道理说这么油腻的东西赵博是不许带进屋的,但为了你破例。"

陆诗诗不好意思地拿起盘子站起来往外走:"那我还是出去和大家一起吧。"

天气比较好,一下午在吃吃闹闹中很快过去了,晚上大家围坐一圈,玩着"我没有过你有过"的游戏,规则很简单,就是一个人说"我没有做过什么",如果在场有人做过的,就要喝酒。

一开始大家的问题还都比较保守,类似于"我没有留过长发""我没有上过女厕"之类的,直到某一人的"我没有过一夜情"开始,气氛被真正炒热了起来,在这个问题上很多人都喝了酒,一些意料之外的人喝起了酒让在场其他人都目瞪口呆。

"哎,纪谖,你不是也有吗?"这种情况下这种问题总有许多好事之徒喜欢去质证。

"我没有。"纪谖回答得非常肯定。

"我怎么记得那时候你和之前那个妹子并不算男女朋友,只能算是……"

"哎,纪谖说没有就没有了。"赵博打断了那个人接下去要说的话。

陆诗诗偷偷瞄了眼不远处的纪谖,他的眼里没有写着任何逃避,但也没有想要解释的意思。

陆诗诗突然意识到他们所说的那个女生,应该就是之前在纪谖家哭着跑出去的那个人,可能纪谖一直并没有真正把她当女朋友来看,只是给周围人这种错觉,但他自己心里清楚的是,他心里女朋友的那个位置,始终也唯一只属于江若岚。

想到这里陆诗诗突然有些沮丧,之后的几个问题也都心不在焉,轮到她说的时候,她想了想,然后余光瞥了纪谖一眼,确定他正在看着自己,陆诗诗便说道:"我没有依然惦记着初恋。"

其实很明显,这个问题就是针对纪谖说的。

大部分人都没有喝酒,纪谖手里拿着的杯子举在胸前,不知道该不该喝。

似乎大多数人都知道关于纪谖初恋的那个故事,所以有意无意地都没有说话，等待着纪谖的反应。

其实那个当下，陆诗诗是有些后悔的，像纪谖这种并不太会考虑别人感受的人，不管结果会多难堪，他都会选择说事实，而现在看来，事实已经非常明显地摆在了所有人的面前。

就在所有人都觉得这个环节会尴尬收场的时候，突然门铃响了起来，适时地打破了尴尬与沉默，赵博去打开门，而出现在他眼前的，就像一颗核弹一样。

虽然没有见过本人，但从纪谖的照片或描述，这个人似乎一直都那么鲜明地存在着，所以赵博根本没有任何迟疑就叫出了她的名字——

"江若岚？"

他怕自己说话的声音太响会引来不必要的关注，故意往后看了一眼，然后带上门对她说："你真的是江若岚？"

江若岚长得一张娃娃脸，算不上那种很有气质的仙女型，但是一张白净的娃娃脸加上高挑性感的身材，也绝对可跻身大美女的行列。

"对啊，不好意思，有些唐突，我是来找纪谖的，请问他在吗？"江若岚说着俏皮地朝赵博眨了眨眼睛，吐了吐舌头，"今天是你生日吧，我下飞机打电话给他一直打不通，去他家也不在，我想他可能在你这里，不好意思打扰了。"

就像彗星突如其来地袭来，赵博觉得这样"宏伟"的情景他一个人肯定是操控不住的，他瞥了一眼，江若岚拿着行李，明显是一下飞机直接过来的样子，他让江若岚在门口等一会儿，进去把纪谡拉到一个角落。

"江若岚来了。"

听到这句话的纪谡直接回道："你有病吧？"

"我没开玩笑。"

见他这么认真的表情，纪谡才严肃起来："怎么会？"

"我怎么知道！"赵博露出一副"你还问我"的表情来。

纪谡仔细想了想，最近并没有和她联系过，最后一次和她谈话也是在承诺陆诗诗之后两个人的告别式，对方也表示这样所谓的"感情"与"责任"并没有任何需要继续下去的意义，两个人就这么平静地结束了这段漫长而意义不明的关系，不带任何不舍。

"你跟她说我不在，"纪谡准备转身走，又突然想起了什么，"难道她拿着行李来的？"

赵博这时沉沉地点点头。

纪谡捏了捏自己的太阳穴："乱来。"

纪谡太了解江若岚的性格，想做什么就会不顾一切地去做，不想做的事也无论如何都逼迫不了她去做。

虽然并没有事先答应或通知，但毕竟她不远万里到这里来找自己，就这么视而不见似乎也显得太冷酷无情。

思索再三，纪谡还是决定让赵博跟大家说自己有急事先回去，并且嘱咐他晚上送陆诗诗回家，然后就去和江若岚相见了。

见面的时候,两人的脸上都没有太明显的思念和尴尬,好像是那种每天都会见的人,很平常地打了个照面一样。

江若岚看到纪谖,很灿烂地笑了笑:"我是不是特别自说自话呀?又给你惹麻烦了。"

纪谖看到她的样子,觉得又好气又好笑:"你怎么找来的?"

"你很早以前就把你所有朋友的生日、电话、地址都整理成一张表格给我了呀,还说如果我找不到你的话,第一时间去找朋友,只要我报上我的名字,他们一定赴汤蹈火来招呼我。"

纪谖这才想起来以前似乎的确做过这样的蠢事,可能那时候是想给她安全感,也并没有想太多。

"我的意思是怎么国内不好好待着就过来了?"纪谖接过她的行李,往车库走。

"我妈强迫我来的啊,"江若岚倒是露出一些无奈来,"我和我妈说了我们之间的事,她急得马上逼着我办签证过来挽回。"

纪谖不由得笑出了声,这的确像是江若岚的妈妈会做的事。

"哎,你说我妈怎么就这么喜欢你呢,我看她都快哭出来了,实在不忍心,也有些看不下去了,于是毅然决然地决定出来散散心。其实一开始我也没想来麻烦你,但非常不幸,我出来的时候才发现我的信用卡被我妈停了,她一定是故意的,知道我过来无依无靠一定会迫不得已来找你。果然不出她意料,我身上的现金只够打车,所以我真的是万万万不得已才来骚扰你的啊。"

江若岚说完这串话的时候，两人正好走到了纪谖的车前，纪谖帮她把行李放到后备厢，然后看着她说："所以你的意思是这段时间要住我家咯？"

"你可以借我钱，我出去住，"江若岚好奇地打量着附近，"我还是第一次来呢，你告诉我哪些地方好玩就行了，我自己去玩。"

纪谖看着她，她这种果断又爽朗的性格真是一点都没变。

"算了，住我家吧，这样也好交代，就当是人文关怀了。"纪谖现在看着江若岚，倒是有些把她当好朋友的感觉。

可能的确是太久没有爱情的感觉，那种曾以为无论如何都不可背叛的承诺，在真的放下的时候，其实分量也并没有想象中来得那么重。

"哈哈，知道你够义气，不过不方便的话真的不用搭理我，你们这里治安比国内安全多了，我只要不缺胳膊少腿回去，就没事的，"江若岚说着从包里拿出一包东西，"哦，对了，这是我妈叫我带给你的，里面都是些你喜欢吃的和国外买不到的东西，把东西交给你，我也算交差了。"

纪谖接过东西，的确都是他在国内最喜欢吃的和一些在这里比较难买到的东西。

"伯母上心了。"纪谖突然觉得有些愧疚。

也不知道对不起的是什么，就感情方面而言，自己并没有任何罪责，只是他突然觉得有其他人对他们的感情给予这么大的寄托的时候，似乎自己的决定显得有些自私。

　　似乎是看出了纪谖的心思，江若岚马上安慰道："哎呀，没事的啦，我妈就这样，过一段时间就好了，她可能只是担心我们两家人之间关系会变得尴尬之类的吧，话说这件事你和你爸妈说了吗？"

　　纪谖一直觉得感情的事情并没有必要大费周章地去跟别人报告进展，所以做完这个决定之后他才想起来并没有告诉过父母，也说不上是隐瞒，只是想避免一些不必要的解释。

　　"还没有，你也先不要说吧。"纪谖发动了车子。

　　"我当然不会说啦，更别说我妈还强烈命令我不许说，"江若岚说着脸上干笑了一下，"我也是醉了，搞得像什么地下党似的，还秘密行动呢。"

　　毕竟两家人一直是以谈婚论嫁的身份互相走得特别近，也把对方的孩子当自己孩子看待，所以两个人的分手更是两家人的一种分手。

　　对于年轻人而言，更加难以放下的应该是父母那辈的期许。

　　一路上两人聊着自己身边发生的一些事，觉得对方的故事又近又遥远，又熟悉又陌生，是一种很奇妙的感觉。

Episode ⑩

舍你
不得

回到家后，纪谖帮江若岚整顿好行李，又帮她铺床换床单。

由于飞了太久，加上时差的缘故，江若岚在外面沙发上很快就睡了过去，整理好房间的纪谖出来看到江若岚，犹豫着要不要叫醒她，不过看她睡得那么沉，想着现在叫醒她应该很难受才对，他冲了把澡，打开冰箱喝了杯牛奶。

想着这样一直睡下去也不是办法，纪谖走过去拍了拍她的肩，江若岚惺忪地睁开眼，迷离中看到纪谖，突然说了一句："怎么是你，我好想你啊。"

这句话，狠狠地砸在纪谖心里。

其实江若岚并不是一个会把喜怒哀乐都放嘴上的人，她也很少对纪谖表示思念或是爱慕，在这段感情里纪谖倒是很难得地处于一个主动的位置，大部分时间是纪谖去维系和增进两人之间的感情，更多的时候纪谖觉得自己对江若岚来说可有可无，甚至有时候还有些怀疑她对自己到底是爱情还是和自己一样掺杂太多家庭和责任的因素。

似乎两个人都没有认真地对对方说过"我爱你""我想你"这样的词汇，大部分时候是被"等我回来"或是"我们总能一起解决的"这种更带有责任感而又理智的字取代。

纪谖这才发现自己似乎并没有那么了解江若岚，可能她是个特别内敛不善于表达感情的人，可能她对自己的感情比他所看到所感受到的多上千百万倍，甚至可能这次她不远千里地过来只是为了看他一眼，或许她是想挽回又怕自己被拒绝所以只能把父母拿出来当挡箭牌……

可能一直以来自己给她太多的安全感,所以她并没有像其他女孩子一样不知满足地不停索取,可能从一开始她心里就有比他自己更加确定的信念。

原来到最后是自己负了她。

纪谡坐到她的身边,看着她又一次睡过去的侧颜,说实话,心动的感觉的确微乎其微,但是她就是一个让纪谡无法彻底放下的存在。

纪谡伸出手,想把她散乱的头发拨到耳后,脑中却突然出现了陆诗诗那张写满失望的脸。

她眼中带着数不尽的伤心和绝望看着自己,似乎一次一次地让她伤心,对她的伤害将永远没有尽头。

纪谡立刻收回手,起身站到窗边看着外面的风景,他觉得自己的脑子一团乱。

这也是从未有过的,他人生第一次这么迷茫。

他不知道该如何抉择,因为无论如何选择,都会对另一个人心存愧疚,不知道从什么时候开始纪谡变得这么不纯粹,他深深叹了口气,转过身的时候,门铃却意外地响起。

纪谡看了看时间,已经晚上十一点多了,这个点还回来找他的人只有一个可能性。

沙发上的江若岚完全没有被这个门铃吵醒,纪谡没有马上开门,正不知所措着，手机突然响了起来，怕把江若岚吵醒事情会更加尴尬，纪谖马上接起手机，果不其然是陆诗诗打来的。

"你不在家吗？"陆诗诗的声音听上去有些担心。

"我刚才在洗澡没开门。"纪谖躲到厕所，把声音压得很轻。

电话那头停顿了一下，然后很小声地说了一句："今天晚上对不起。"

可能因为有些心绪，纪谖慌张的情况下也没有多想什么，直接条件反射般回了句："没关系。"

"其实我并不是想在大家面前让你难堪的，只是我那时候……我也不知道为什么，可能真的只是一瞬间脑子进水，希望你别放心上。"

纪谖心不在焉地回了个"嗯"字。

陆诗诗觉得很奇怪，她走到纪谖家门口，盯着门板看："你真的没事吗？你声音听上去似乎有些不安。晚上早走了，是身体不舒服吗？"

"赵博怎么跟你说的？"突然想起来自己并没有和赵博串通好，为了避免故事出现破绽，纪谖反客为主地问道。

"他就说你有事，我很担心。"

"我没什么事，"纪谖安抚她道，"很晚了，你先回去休息吧，别担心我，我没事。"

陆诗诗欲言又止了片刻后，挂上了电话。

纪谖在厕所能感受到自己强烈的心跳。

其实也并不算做贼心虚，只是这样无法解释清楚的情况是纪谖很怕碰到的，有时候明明没有做什么见不得人的事，但很多时候却不得不撒善意的谎言，为了避免产生不必要的误会。但如果不跟对方说实话，又总觉得自己在刻意隐瞒什么。

这种两难的抉择让纪谖感觉很不踏实，他用冷水冲了把脸之后，一鼓作气回到客厅把江若岚横抱到房间的床上放下。

由于思考太多，纪谖觉得头非常疼，在沙发上捏了捏自己的太阳穴，很快就睡了过去。

第二天醒的时候，江若岚也已经起床了。

纪谖在厨房吧台看到忙碌的江若岚的背影的时候，有一瞬间的失神。昨天的事情发生得有些出人意料，现在回想起来还觉得像在做梦。

江若岚听到身后有动静，回过头笑着看了眼纪谖："起来啦，不好意思，我有点饿，所以就借用你的厨房做了些早餐，不介意吧？"

纪谖慢慢走过去，看着桌上是两人份的面条，摇了摇头，说道："没事。"

"今天下午我会出去看看房子，不过可能行李要先借存在你这里，不好意思啊。"

"没关系。"纪谖吃了口面，觉得这个味道很怀念，印象里江若岚似乎并没有为他下过厨，但不知道为什么，就是觉得很有她的味道。

"这边是租那种短租房划算还是酒店比较好啊，主要我现在身边没钱也没信用卡，所以得麻烦你借给我一点，你看你方便借多少，然后给我推荐个地方呗。"江若岚朝他做了个俏皮的表情。

"不行的话就先住我这里也行，我这里地方大，也省得你麻烦。"

江若岚稍许有个停顿："不会不方便吗？"

其实她并不是想借这个机会和纪谖相处，只是她真的是个很怕麻烦的人，如果不是万不得已的情况她很少会想去做改变。

纪谖没有直接回答她。

"不过我在这里约了几个拍摄，不会占用你太多时间，可能只是回来睡个觉，你就按外面的价格给我个友情价就行了。"

本来只是半客气半真心的一句寒暄，没想到对方真有住下来的打算，纪谖突然有些后悔。并不是他排斥这种同居，而是他担心被住在隔壁的陆诗诗发现根本难以解释。

有很多事情就是如此，在清水中倒入黑色的墨水，无论怎么搅都只会越来越浑浊而已。

纪谖不知道这件事该不该让陆诗诗知道，他的选择有两个，一个是隐瞒，一个是坦白，前者若是能不被发现瞒天过海也就没什么问题，但如果被发现就真的无法被原谅，但若是后者那毋庸置疑会惹对方生气。

现在看来，解决的办法似乎只有一个——

"我女朋友住隔壁，要不我问问她是不是愿意和你一起住？"

听到这句话的时候，江若岚脸上的表情突然僵住了一秒，不过马上恢复平静。

"啊，好啊，那会不会特别麻烦啊，我觉得我还是出去住比较好吧，对不起啊，不知道你有女朋友，你还没有告诉我呢，否则我也不会这么突兀地来找你了。"江若岚的话语里有一些彷徨和不知所措。

"嗯，其实有段时间没和你联络了，很多事也没有告诉你。"

"其实一直以来你告诉我的事都很少，我也有很多事情没有告诉你，因为我们的距离太远，世界太不一样，所以很多事情说了也没有办法感同身受和理解，这样反而会让感情显得更加疏远，所以我们两个都是聪明人，很有默契地选择给对方足够的空间，"江若岚说到这里，突然觉得自己的口吻有些像爱人，于是马上画风一转，"所以很多事情你说了我也没办法体会嘛，对了，女朋友如果不方便的话，就不要告诉她了，大多数姑娘都会很介意的，我今天还是先找一下房子吧，毕竟要待上一个月，一定是不方便的。"

纪谖也没有再说什么。

下午江若岚出发给一个广告公司拍摄了一些照片，工作结束以后她问工作人员借了一些钱，在附近找了一家旅馆。

到酒店她并没有第一时间联系纪谖，而是打电话回去给江母，接到电话的江妈妈立刻问道："怎么样，找到纪谖了吗，两人和好了吗？"

没等听完江若岚的解释，电话那头便传来一阵刺耳的尖叫："什么？纪谖有新女朋友了？你看看你，不好好把握人家，这么优秀的男孩子当然很容易就有女朋友的，现在后悔了吧，你现在挽回还来得及吗？"

这几天你们住一起吗？你要把握机会啊，或者说以后来这里和他一起生活什么的也行，或……"

"好啦，妈，你别说啦，"江若岚听着江母这一大串老生常谈的话有些头疼，"我不想破坏人家的生活，你也别这样了，快把我的信用卡恢复了吧，我现在在这里租房子还都问同事借钱呢，多不好。"

"这多好的机会，你就住纪谡家啊，如果他女朋友连这都介意，说明并不是什么大度的好姑娘，那样的姑娘早晚都会和纪谡分手的。"

江若岚觉得自己的妈妈完全无法理喻，自己怎么劝她都不会听，所以稍微寒暄了几句后便匆匆挂上电话。

还来不及消化刚才那些叫人不舒服的对白，纪谡又突然打了电话过来。

江若岚看了眼时间，已经是晚上十点多了，接起电话的纪谡口气听上去有些担心："你怎么这么晚还没回来？"

"啊，我刚想联系你，工作完我跟朋友借了点钱，本来想回来的，后来看到附近正好有旅馆，就住下了，行李的话，我明天白天去拿吧。"

"哪家？我现在给你送来。"

江若岚把酒店地址告诉他，纪谡拿着江若岚的旅行箱出门的时候，正好遇到了刚回来的陆诗诗，看着他手里拿着一个女士旅行箱的时候，陆诗诗满脸的不解。

"你去哪儿？"

纪谖觉得既然已经被她发现，还不如从实招来："江若岚来了，这是她的行李。"

陆诗诗听到江若岚这个名字的时候觉得心跳都加速起来，这个名字似乎就像是个定时炸弹，甚至有一段时间陆诗诗觉得自己就是江若岚的替代品。一直觉得这个人的存在虽然无孔不入，但并没有想过这个人有一天会真的离自己这么近。

陆诗诗的嘴角有些抽动："是吗，你去接她吗？"

说这句话的时候也没有意识到逻辑错误在哪里，因为明显纪谖拿着的是她的行李箱，而这就意味着两人已经见过面了。

"她昨天在我家住了一晚，今天开始她住酒店，我把行李给她送去。"

陆诗诗听到两人住了一晚的时候浑身战栗了一下，一秒内她脑内就想象了无数个画面和可能。

陆诗诗能感受到自己心脏的抽痛，她看着纪谖，脸上有些不信任，她觉得纪谖并没有第一时间告诉她，一定是隐藏了些什么，或者说若不是因为被她撞见，可能一辈子就被蒙在鼓里，对方可能假装什么都没有发生过。

而在她对面的纪谖觉得自己并没有什么可隐瞒的，既然已经说出了实话，那便没有再被质问的必要。

他拖着行李箱穿过陆诗诗，然后轻声说了句："你先回家，等我回来找你。"

听着从背后传来的行李箱与脚步的声音愈来愈小直至寂静,陆诗诗突然蹲了下来,双手捂住脸。

她很怕,她很失望。

虽然她知道应该对纪谖保持信任,但信任想来就是一件无法证明的事情,更多的时候害怕的感觉会覆盖其他所有的感受。

陆诗诗就在路口一直蹲坐着,不知道等了多久,纪谖回来看到她在走廊的时候,飞奔过去蹲到她身边:"你怎么了?怎么蹲在外面,不冷吗?"

陆诗诗看到纪谖,一把抱住他:"我好怕你不回来啊。"

"怎么会呢?"纪谖心疼地抚摸着她的头发,在她的额头印下一个吻。

"我也不知道,我就是很怕你又像之前一样,突然就失踪了,或是又对以前的人重燃旧情,总之我很怕。"

纪谖觉得让一个女人如此没有安全感应该归咎于他,是他做得不够好,然而很多承诺用嘴说是没有用的,纪谖一直希望自己可以用行动证明,从而忘记了给予最基本的诺言。或许很多时候,简单的一句话或是一个承诺,就可以让对方有足够的信念。

"你放心,我不会辜负你的,"纪谖用力地抱住她,"请相信我。"

印象里这是纪谖第一次用"请"这个字。

好像在恳求一般。

"其实并不是不相信你,更多的是我自己不自信,我也听赵博说过江若岚是一个特别优秀的女孩子,我怕自己比不上她,也没她那么适合你,了解你。唯一的优势可能就是近水楼台，离你近，让你可以真切地感受到我的存在。我也谈过异地恋，真的太久时间不见感情会变淡也很正常，所以我担心你们一见面又会重燃旧情，你会找回喜欢她的感觉，我也担心排除那些现实的问题，你会意识到对她的感情是无法替代的。"

"不会的，我这个人做出的决定不会反悔，我认定的事情也不会改变。我和她之前更多的是一种对过去的自己的责任，而并不是所谓的非她不可的感情。你知道我这个人，如果真的认准一个人，我是不会放手的，"纪谖说完拉紧了陆诗诗的手，"就像现在这样。"

陆诗诗看着他眼里的认真，觉得此时此刻，自己的心里有一种从未有过的信任与坚定。

她觉得纪谖就是她这辈子认准的人。

送陆诗诗回家后，纪谖很温柔地哄她睡觉，一直等她睡着后才回家。

纪谖觉得现在对江若岚已经没有也不会再有曾经的心动了。

他曾经觉得责任与适合比感情更重要，所以一直以来告诉自己已经遇到对的人了，直到碰到陆诗诗之后，才发现真情可以打破所有东西，以前觉得感情不重要，可能只是因为并没有动过真的感情而已。

之后的几天，江若岚也没有来找过纪谖，她忙工作的事情，平时一个人出门逛逛。某天晚上拍摄完成之后，工作人员说大家一起去KTV唱歌喝酒，江若岚想着在这里也没什么朋友，晚上一个人也无聊，于是就跟着去了。

在KTV的时候，可能是触景生情，江若岚一连唱了好几首悲伤的情歌，又猛灌了自己好几杯酒，在嘈杂的KTV里，找了个角落独自神伤起来。

她翻看着和纪谖的合照与聊天记录，回想着两人过往的一幕幕。

原来是真的，知道自己爱着的人爱上别人，是一件无比痛苦的事情。

虽然一直表现出一副不在乎的状态，但其实江若岚的心里是很在乎的，并且她对纪谖的爱比表现出来的多几百倍，或许是碍于面子，又或许是自尊心太强，所以江若岚一直以一副自我保护得很好的状态示人。

旁边有几个投资方的中年男子看到江若岚一个人在角落神伤，主动凑上去想找江若岚聊天。

经历过很多这种场面的江若岚心里很清楚，一般情况下这种投资方的男人都毛手毛脚，她下意识想逃离，却发现自己的那个朋友似乎已经离开了，于是抓起包准备走，谁知道因为酒喝得太过，站起身来的一瞬间有些眩晕，脚下稍微失去平衡，晃悠了几步，被一帮男人抓住了手臂。

江若岚下意识甩开，然后镇定地往前走，两个男人一路跟着江若岚，时不时还对着她勾肩搭背，让江若岚感觉很难受，但毕竟是投资方，也不好意思做得太难看。江若岚走到马路上对两个人说："谢谢两位，我就先回家了。"

"江小姐，我们再去喝一轮吧，还有好多事情想和你聊呢，下一次我们准备投资一部大电影，到时候可以聊聊你适不适合做女主角。"

江若岚毕竟也在模特圈摸爬滚打这么多年，世面也见多了，知道这是客户为了骗女孩子上当的惯用招数，而她向来是个非常有原则的人，她可以勤勤恳恳发展，虽比不上别人一飞升天，但一定要对得起自己。

"不用了，陈老板、庸老板，谢谢两位，我毕竟不是科班出身，也没有想过演电影女主角什么的，我把模特的本分工作做完就可以了，并没有那么大的心。"

两个男人觉得她有些欲迎还拒，毫无要放弃的意思，依然一路跟在江若岚后面，本来想打个车回去，但江若岚一直无法甩开那两个人，所以一路跌跌撞撞也快走到酒店了。

本想在路口和两个人道别，没想到两个男人突然一起拉住江若岚，说想去她住的地方看看。江若岚虽然很反感，但无奈力气敌不过两个人，被一路拖拽着，她想大声呼救，却又觉得有些没面子，灵机一动，她突然把手甩开说："好吧，好吧，我带你们去，你们别拉着我，疼啊。"

两个男人脸上露出令人作呕的笑容，江若岚觉得特别恶心，但现在也并没有其他选择，于是她把两个男人往纪谚家的方向带去，觉得此时那个人那个地方才是让她唯一觉得有安全感的地方。

到纪谚家楼下，江若岚突然有些退缩，觉得这样的处境多少有些难堪，也并不想借机打扰纪谚，无奈后面那两个人盯得实在太紧，而且又开始毛手毛脚，江若岚拔腿就跑，两个男人见到手的猎物要逃跑，也拼命追了上去。

江若岚看着跑不过他们，又是穿着高跟鞋，一不小心就摔倒在了地上，她回过头用包朝他们砸了过去，两个男人也露出了邪恶的嘴脸，用力抓住了江若岚，还想把她拖走。

而这时候江若岚也终于忍不住叫了出来，刚和陆诗诗从超市回来的纪谖听见了这个声音，朝着声音的方向看过去，隐约中看到一个身影和江若岚很像，也没多想就跑了过去，发现果然是江若岚，便问道："怎么了？"

江若岚看到纪谖，感觉此时他的身上像是发着光，不顾一切地对他求救："纪谖，快帮帮我。"

见到有帮手，两个男人有些退缩。

纪谖朝他们抡起拳头，两个人互相对视了一下，给了纪谖一个"算你走运"的表情后就走了。

纪谖放下手中的袋子，跑过去看蹲坐在地上的江若岚，她的腿上有明显的伤痕，纪谖皱了皱眉头："你应该没有急救包吧，要不先去我家，把伤口处理一下。"

江若岚想拒绝，但稍微动了动膝盖就痛得忍不住发出"嘶嘶"声。

纪谖把她扶了起来，遇上正好走过来的陆诗诗，他对陆诗诗说："我们先把她带回去擦点药吧。"

这是陆诗诗第一次与江若岚相见。

虽然之前从来不知道她长什么样,但是在看到她的那一刻,陆诗诗就知道,这个人就是她那么在意的江若岚。

江若岚有些不好意思地和陆诗诗打了个招呼:"非常抱歉啊,真的是紧急情况,一会儿我上了药马上回去,因为这里人生地不熟连个医院也找不到,所以只能麻烦你们一下了。"

陆诗诗有些故作大方地说道:"没事,刚才那两个是路边遇到的坏人吗?"

"哦,那是我投资方的两个客户,硬是要跟着我回家,我想一个人肯定斗不过他们两个,酒店又住得离纪谖家不远,所以真的是没有其他办法,才想来这里找救兵的。"

陆诗诗觉得她给人一种单纯不做作的感觉,整个故事听上去也合情合理找不出半点破绽,可能因为见到情敌潜意识就会想去比较,去鸡蛋里挑骨头,所以陆诗诗总觉得她做这些事是别有用心,但却没办法拆穿,所以只能顺其自然地接受。

两个人协力把江若岚扶到纪谖家门口,开门之后陆诗诗对两个人说道:"我先回去了,你晚上还是把江小姐送回家吧,一个人晚上怪危险的。"

"不用不用,晚上没关系的,"江若岚连忙摆手,怕陆诗诗吃醋,"要不你陪我们一起上完药吧。"

"不用了啦,"陆诗诗觉得这时候还盯着两个人会显得太过小气,于是坦荡地说道,"我要回去做作业了,你们当心哈。"

然后笑着回自己屋子了。

看到她走以后,江若岚有点不好意思地看了看纪谖:"她会不会生气啊?"

"不会的,"纪谖摇摇头,"她如果生气会直接摔门走人的。"

江若岚笑了笑:"女朋友很可爱哦。"

纪谖嘴角淡淡勾起,有一种回答"可不是吗"的感觉。

纪谖去找了会儿医药箱,回来以后想给江若岚上药,却被她拒绝了,她接过药,对纪谖说:"这种事啊,我常干了,让我自己来吧。"

看着她娴熟的动作,纪谖倒是反应过来,江若岚一直都十分独立,遇到挫折和困难也都一个人去克服,就好像今天晚上遇到的事,相信也不是第一次遇见了,她可以这么镇定,一定也是因为太久没有可以依靠的对象故而磨炼出来的这种坚韧。

"一直会碰到这种事吗?"纪谖坐在她对面问道。

"也不是,"江若岚一边上药一边紧蹙眉头,"偶尔会遇到一些,但真的会动手动脚的并不多。"

"以后小心点。"

江若岚抬起头看着纪谖:"一直很小心好不好,我一直是很有原则的。"

纪谖点头。

江若岚笑了笑:"所以到现在还半红不紫,我朋友都说其实有很多很好的机会放在我面前,也有很多很有背景的人追求我,不管选择哪个都可以帮助我飞黄腾达,她们都说我傻啊,为了你……"

说到这里,江若岚突然顿住,意识到自己说错话了,却没有勇气对上纪谖的脸。

也听到了话语中太多的分量,纪谖觉得心头一紧:"我有时候的确觉得自己有些亏欠于你。"

"不啊,你并没有,我们都是非常倔强的人,所以我们都知道这是最好和唯一的结果。"

"我知道,其实你一直是个特别为别人着想的人,就像那次你打电话给我,我记得那天我和赵博他们去K城,现在的女朋友也去了,那时候我还没和她在一起,你很少会打电话给我,其实每次接到你主动打来的电话的时候我都很开心,只是那次你跟我说,让我别再继续等了,你也不会继续等了。虽然我知道你担心会成为我的绊脚石,你这么做也是为了我们彼此好,可是那天我是真的非常伤心,我这辈子都没那么伤心过,似乎也是第一次喝醉,我记得那时候我很好面子地跟你说'好的,就这样吧',但其实我的心里是很希望你挽留我的,可是我知道我们都太像,自尊心太强了,所以我们的结局注定会是现在这样。"

似乎这是纪谖第一次对她袒露了这么多的心声,也似乎是第一次真实地表达出自己的感受。

江若岚侧过头看着他,眼里充满了心疼:"我知道这种感受,那天挂了电话我也难过了很久,但我觉得那是必须要经历的,因为那时候我知道其实你在这边有交女朋友,不管是为了解闷也好,消遣也好,可能对你来说并没有动过什么真心,没有对她们花上太多的感情,但对我来说这些都是无法接受的。但是我难过的是我做不了什么,我也不能要求你为了我拒绝任何女生,我知道这对你来说是做不到的,所以我选择放手。"

"我知道,后来我难过了几天也就恢复了,因为那时候我认为不管命运怎么捉弄我们,到最后我们还是会重逢的,所以我并没有觉得我失去你了。"

江若岚和他对视,两人的眼中有一种心照不宣的默契。

其实江若岚一直以来心里也是这么想的,她相信两人的这种感情并不会这么容易被拆散,即使不是男女朋友的关系,也始终会给对方留一个最特别的位置。在江若岚的世界里,没有人可以代替与超越纪谖,虽然她早以"分手"的名义与纪谖切断了关系暧昧的来往,但她一直以来都没有交男朋友,虽然有许许多多不错的人出现在她的生命中,但套用热门电视的一句话:她不想将就。

可能还是自己太过完美主义,所以在面对现实的时候,江若岚还是有一种挫败感。

并不是输给时间、距离,而是输给了自己,是自己太过美好的憧憬与对感情太过自信的态度让她失去了让纪谖做承诺的机会,如果当初的自己不是那么完美主义,把话说明白了,让纪谖做出承诺,那以纪谖的性格就会认真对待，并且不会做出任何违约的行为。

江若岚叹了口气，问道："现在的女朋友怎么样？"

纪谖倒是很奇怪她会问这个问题，一时间也没想好如何作答。

"我之前都没有问过这种问题，只是突然有些好奇而已，你可以选择不回答的。"江若岚有些口气轻巧地说道。

"她是一个挺特别的女孩子，其实一开始她搬来的时候我并没有很注意她，只是觉得有点傻乎乎的，也一直来麻烦我。也不知道从什么时候开始真正注意她了，可能是她和之前的男朋友分手时候的那种无助，也可能是日久生情，渐渐地发现自己似乎习惯了有她黏着的生活，离不了她，也愿意为她去做改变。总之，和之前遇到的人都不一样，让我想安定下来，也有一种她一直在等我的安心感。"

江若岚听得有些失神，她特别想问纪谖："难道我没有给你吗？"

但即便是喝了酒，她也说不出那样的话。

太害羞了，就这样赤裸裸地表白，叫人开不了口。

而偏偏就是这样的结果，让江若岚觉得是自己害得他们错过，如果现在的她大胆地上去拥抱他，告诉她自己很想他、一直在等他，不知道纪谖会不会回心转意。

或者是怕被拒绝，那样会显得自己很狼狈，又怕对方怕自己狼狈而做出不真实的意思表示。

总之想了很多很多，最终还是没有那个勇气。

这样也好，有些东西不必去过分强求。

其实并不想再听更多关于他们的故事了，因为已经听到了让她死心的话了。女生最怕听到的并不是自己喜欢的男人说其他女生很美、很聪明，或是很优秀之类的话，最怕听到的就是一句"她很特别"，因为那句话就足够让你所有的勇气都崩塌。

很特别的意思向来就是——非她不可。

而那个她不是自己的话，那感情也就没有任何意义了。

江若岚把伤口处理好，拍了拍手掌心，笑着对纪谡说："那我走了。"

"我送你吧。"纪谡很顺势地站起来。

"不用了，"江若岚在门口回过身，堵住他的去处，"我一个人可以的，我认识回去的路，这么晚了，你别送我了。"

"不行，我不放心的。"

"真的不用了，"江若岚觉得胸口有些刺痛，她害怕道别，害怕依依不舍，害怕自己会控制不住感情转身就流泪，"我一直照顾自己习惯了，突然有个人照顾我反而会不习惯呢。"

纪谡的脚步变重，有些犹豫。

江若岚的眼神往陆诗诗家门口瞥了一眼："还是去照顾她比较重要吧。"

口吻中没有半点嘲讽与尖锐，而是真正的一种关心。

纪谖了解她，她怕自己会给别人造成不必要的麻烦，所以大多数情况她会选择牺牲自己成全别人。

江若岚一再坚持要自己走，纪谖便没有再坚持，他只是让江若岚到家了报个平安。

回去的路上，街道很冷清，江若岚觉得自己的眼睛一直有透明的液体不受控制地渗出，怎么都抹不干净。

虽然和纪谖之间并没有太多难以忘怀的回忆，更多的是心照不宣的默契，江若岚认为自己也不算是个矫情的姑娘，但此时当下，她真的觉得自己像电视剧里受伤失措的女主角，需要一个肩膀，需要一个拥抱。

但更多的时候，她是个坚强的人，她回到家后也没有及时给纪谖报平安，只是一股脑地躺到床上开始闷头大哭。

她并没有觉得委屈，只是觉得心疼可惜，并不是可惜了付出的感情和青春，只是可惜了没有达成的原本可以很完美的结局。

不知道哭了多久，才被一个电话拉回了思绪，看到是纪谖打过来的，江若岚马上清了清嗓子，确定自己的声音听上去没有沙哑与古怪，才接起电话来，装作一副轻松的样子："啊，对不起，我忘记给你发消息了，我早就到家啦。"

"吓坏我了，"纪谖长舒一口气，"还当你又遇到什么坏人了，发你消息不回复，不是说了一到就联系我吗？"

"我给忘了嘛，太累了一回家就洗澡了。"

"嗯，好，早点休息。"

一个短暂的沉默后两个人很有默契地一起挂上电话。

纪谖就是这样的性格，不会和无关的人多寒暄一句。

听到耳边传来的"嘟嘟"声，江若岚垂下头，想着反正工作的事情也因为和投资方搞砸应该完成不了了，于是拿出手机改了回去的机票，准备明天就走。

也没有和纪谖打招呼，只是回国后跟他简单地报了个平安。

不出她的意料，江母一回去就不停追问两人的关系，江若岚觉得很是头疼。

"妈，你别再问了，他有新的女朋友了。"

说完这句话，就是一番狂轰滥炸。

江母以"不好好珍惜""不好好把握机会""这么优秀的人就这么失去了"为中心，对着刚下飞机还没调整过时差的江若岚轰炸了好几个小时。

有时候江若岚觉得很无助，也觉得自己很无奈，她很多时候都因为太考虑别人的感受而忽略了自己的。但是人总是有一个极限的，等到忍不住的那一刻，江若岚甩了甩手，直接离开了家，搬到朋友家住了好几天。

其实她的朋友也觉得她和纪谖之间有些可惜，但知道她的脾气，也不能安慰她什么。住了几天之后，突然江父打电话给江若岚，说江母因为伤心过度生病了让她回家，听到这个消息江若岚二话不说赶了回去，江母的脸看上去很憔悴。

江若岚不忍心看到母亲这样,但也不可能再去纠缠纪谖,为难之际,也只能说:"妈,你别这样,世界上并不是就纪谖一个男人。"

"我知道,我只是觉得你这么单纯的性格,又在这个行当,碰到坏人可怎么办,我只是觉得纪谖这小伙子好让我放心,这样我也好……"

话还没说完,江母突然咳嗽了起来,似乎有种快要撑破胸膛的力度。

江若岚有种不祥的预感,她蹙起眉头,低声问道:"妈,你这话什么意思?"

在一旁一直不说话的江父突然转过身,肩膀微微地抽搐。

这样的画面,就像是悲情电影中的场景。

江若岚整个人有些麻木,慢慢对上江母的眼:"妈,你别吓我。"

"没事没事,"江母说着又咳嗽了两声,"你不用担心,就是这些天累了。"

江父也似乎控制住了情绪,仅轻微地哽咽。

"肯定不是这么简单,"江若岚摇摇头,"妈,你告诉我,到底发生了什么?"

"没什么,"江母回道,"你别担心。"

"怎么可能不担心,"江若岚的情绪有些激动,走过去质问江父,"爸,你告诉我吧,为了我和妈好,你都应该告诉我。"

"你妈……"

江父刚开口说了两个字,就被江母用咳嗽声打断。

"妈,你告诉我,我答应你,你告诉我,我就去找回纪谖。"

听到江若岚这么说,江母似乎有些犹豫,虽然并不想告诉她真实的状况,但对方给出的条件又实在有些无法拒绝,于是对江若岚说道:"这样吧,你等纪谖回来了,我跟你们俩一起说。"

"他在国外回来不方便,我如果就这样突然把他叫回来也不合适。"

"他妈妈下个月过生日,他一定会回来的,到时候叫他来我们家吃一顿饭,我把情况都和你们说一下。"

Episode ⑪

最美
别离

江若岚虽然不想接受江母的提议,但她知道自己母亲的脾气,不达到目的无论怎么逼她都不会说,于是给纪谖留了个言,说他下个月如果回国的话可能要拜托他一些事。

　　4月正是学业忙碌的时候,但是每年妈妈的生日纪谖都一定会抽空回国,本来提议想带陆诗诗一起回去顺便玩几天,但由于还有很多篇报告要赶,陆诗诗拒绝了纪谖的邀请。

　　本来只准备回国待一星期,因此两人分开的时候也并没有依依不舍,纪谖还答应陆诗诗每天都会Facetime,并且按照她的作息时间和时差调整自己的作息。

　　回家后帮纪母过生日的那个晚上,纪母突然对纪谖说,希望他可以去看看江若岚妈妈,纪谖也没有多想,正好第二天晚上江若岚邀请他去家里吃饭,便答应了。由于两家人是世交,所以就算做不成男女朋友,也会是常走动亲近。

　　来江若岚家吃饭的时候并没有什么异常,纪谖觉得这样的感觉和以前没有什么差别,心里想着可能因为自己毕竟是他们好朋友的儿子,所以依旧这么特别热情地招待也并不是什么奇怪的事。

　　晚餐结束,所有的东西都收拾完,江若岚一个人坐在餐桌上沉闷不语,纪谖走到她身边坐着,善意地询问道:"看你好像不舒服的样子?"

　　"哦,没有。"江若岚缓过神。

　　"我看你一晚上都一副心事重重的样子,没事吧?"

"我没事，"江若岚摇摇头，然后抬头看向江母，"是我妈。"

"阿姨怎么了？"

"我也不清楚，她不肯告诉我，她说一定要在你在的情况下才肯告诉我。"

结合着早上纪母的表情，纪谖也有一种不好的预感。

江父从江母手中把碗筷都拿了过来，端进厨房开始冲洗起来。

江母慢悠悠地从厨房走出来，走到纪谖与江若岚的对面坐下，江若岚脊背一直，像是要听审判的样子。

从厨房传来刺耳的潺潺水声，让此时的氛围显得更加沉重。

"纪谖啊，你在那里怎么样啊？"江母先以一种拉家常的口气开启了对话。

"挺好的，在那里毕竟那么多年了，也习惯了。"

"是吗？"江母点点头，嘴角有些苦涩的微笑，"听岚岚说你们那里空气特别好，节奏也没有国内这么快，你待习惯了会不会反而回来不习惯了？"

"都还好吧，我在哪里都可以很快适应。"

"是呀，阿姨从小看着你长大，你不管在哪里都很拔尖，我生了个女儿，所以一直把你当自己儿子一样看待。"

"嗯，我也一直把阿姨当自己亲人，"纪谖说完看了江若岚一眼，"也一直把岚岚当自己妹妹一样看待。"

"嗯，那就好，那我就放心了，"江母说完有一段冗长的沉默，随后她叹了口气，"其实阿姨身体不是很好，你是阿姨真正信得过的人，所以才想对你有一些期许与嘱咐。"

"别这么说，阿姨您有什么需要直接告诉我，我一定把它看得比自己的事还重要。"

"阿姨其实几个月前去医院，查出来情况很不好，可能需要动手术，也可能动了手术也没有用，需要做化疗。总之医生虽然给我好几种选择方案，但效果只怕都不是很乐观。我和你江叔叔决定还是选择比较保守的治疗方案，也不动手术了，不过可能之后我的身体会变得很虚弱。你也知道，从小到大我就把岚岚照顾得很好，你江叔叔也没怎么照料过她的日常生活起居，我怕到时候我照顾不了她，她一个人也不知道能不能照顾好自己。"

江母全程都用很慢很柔和的声音徐徐道来，说到最后，终于忍不住流下泪来。

虽然她没有很具体地说出来，但说到了化疗，两个人都心知肚明应该是得了不治之症。

"其实很多做父母的毕生的心愿就是希望自己的孩子能成家立业，并且找到一个值得相信的人，我从小就跟你父母认识，也知道你的为人，所以我一直不仅把你当好朋友的儿子看，更把你当作未来的女婿看待。虽然我知道这是你们两个人的事，做大人的不应该干预，但是我希望你可以理解我们做父母的心情。阿姨知道你在那里会有自己新的生活,也不希望我影响你或者强迫你,我只希望你可以答应我,以后如果我不在了,你可以帮我照顾岚岚,就当是哥哥也可以。"

"妈,你好好看医生,肯定没问题的,再不济我自己会照顾自己的,你这样纪谖会很为难的。"江若岚坐到江母旁边,握住她的手说道。

"妈知道纪谖很为难,但妈也没办法,你爸这人也一直是我照顾过来的,不会洗衣服不会烧饭,连自己都照顾不好的人,怎么来照顾你。"

"那我们可以慢慢学啊,"江若岚的眼角流下眼泪来,"你之前是太辛苦了,现在应该是我们照顾你的时候,让你享享福。"

"我怎么样没关系,我最大的心愿就是希望你可以找到个让我放心的人,这样我才能安心。"

"会找到的,"江若岚拍了拍她的背,"你女儿我又不差,你干吗老是担心我会没人要。"

"不是有没有人要的问题,你一直就单纯固执,你的工作环境又那么复杂,我担心你被骗或是受伤害,"江母说着摸了下江若岚的头发,"以前你有不开心的事都会来跟我说,以后我不陪着你,我怕你没地方发泄,会过得不开心,妈妈最怕的就是你不开心。"

"不会的,只要你一直陪着我,我就不会不开心。"江若岚把脸埋进江母的胸口,不停抽泣。

一直看着这一幕的纪谖也觉得心脏明显地抽痛起来。

人的一生会经历很多场生离死别，最害怕经历的就是那些在自己的生命中无处不在的人的离开，当一切成为习惯的时候，失去就变成一件无法承受的事情。

江若岚用了二十几年来养成一个有人陪伴的习惯，不可能在短时间内改变。

这是她无法面对的事情，在这样沉重的打击面前，所有的自尊心与羞辱心都变得不重要，江若岚在母亲怀中哭了很久，突然抬起头，双眼通红地看着纪谖，眼里写满了乞求。

像是感受到了她想传达的意思，纪谖马上接过话："阿姨，您不用担心，请相信我，我会照顾若岚的，一辈子。"

江母知道纪谖的性格，他不会轻易许下诺言，而一旦答应的事，就不会轻易改变。

"如果若岚愿意，以后她可以去我那里，跟着我生活，我一定会像你一样照顾好她的。"

如果不是当下这种情况，江若岚一定不会接受，但在失去面前，其他都显得太渺小，重要的人临终前的遗愿，即便是赴汤蹈火也要答应。

人在面临死亡的时候会变得异常敏感与自私，在这样的时刻，江母并没有其他的想法，她不在乎纪谖的感受、纪谖的未来，她只希望有一个人能替她去给江若岚最好的未来，因为她的时间有限，所以她希望有人可以把她的爱延续下去。

人是最自私的，也是最无私的。

因为人都有父母，也都会变成父母，当你的世界里有了牵绊的时候，自己的存在感会完全被磨灭。

江若岚在送纪谖回去的路上，车内安静得什么声音都没有。

到纪谖家楼下，江若岚停下车，吐了口长气，看着纪谖："纪谖，今晚我妈说的事你不用太放在心上，你在那里继续你的学业和生活，不要有负担。"

"你了解我的，我纪谖说出来的话从来都是当真的，"纪谖抿了抿唇，"你不用这么坚强，你需要找个人依靠的时候我一直就在那里。"

江若岚觉得很感动，但内心深处又有一些愧疚。

"可是这样对你的女朋友或者说未来的妻子是很不公平的，你放心，我会自己照顾自己，如果我真的遇到什么事，一定会来找你的。"

"你不会的，江若岚，"纪谖打断她说道，"你哪怕是快撑不下去了，也不会来找我，所以你妈不放心你是有道理的，如果你真的打算让你妈放心，你就应该学会依靠我。"

"那如果我现在对你说，我希望你照顾我，我希望你不要回去，在这里陪着我，你会答应吗？"江若岚突然用咄咄逼人的口气问道。

纪谖答不上话来。

"所以，我们是一样的，不会轻易改变，不会轻易承诺，不会轻易相信，也不会轻易麻烦别人，"江若岚理直气壮地回道，"你并没有给我能依靠你的身份，我不能做让自己过意不去的事情。"

纪谖看着她，垂下眼："是的，是我不对，是我没有守护住我们之间的约定，如果你需要我为此负责……"

"感情的世界里没有什么对错可言，我不需要你负责或是可怜，我只是希望你过得好，可能这也是一种我爱你的方式。"

"你说你爱我？"纪谖有些讶异地看着她，"你似乎从来没有对我说过这句话。"

"你不是也没有吗？"江若岚冷笑一声，"其实有时候觉得我们这种感情很奇怪，我不知道是不是爱情。"

"可能一直是把你当成家人的缘故，又可能真的把你当成亲妹妹，所以那种爱，似乎和欲望与占有并没有关系，是那种很简单很透明的感情。"

江若岚低下头笑了，张了张嘴，最后还是没有开口。

纪谖回家后，江若岚开着车绕着这座城市转了一圈，这座城市的夜景并不迷人，或许是因此时心情并不迷人。

她今天终于了解到，原来纪谖一直对自己的感情，不过是一种亲情般的照顾，而并没有恋人般的爱慕。

原来一直误会的只有她。

但比起感情的事，让自己更无法接受的，是自己母亲的病情。

虽然多多少少有些预感，但被真正宣判的时候，还是有些措手不及，有些无法招架。

江若岚觉得自己的人生曾经一帆风顺，没有遇到过任何挫折，甚至显得有些太过完美。可能上天是公平的，没有完美的人生，也没有失意的人生，一生的好运和坏运都是平衡的，似乎一切都从纪谖的远去开始变得糟糕起来。

她觉得很无助。

她不知道如何回去面对自己的母亲和母亲的期许。

如果现在放下自尊心和羞耻心能挽回纪谖的话，她一定会奋不顾身，可是怕的并不是对方的决绝和犹豫，而是当知道对方对自己并没有爱情的时候，所有的努力都变得毫无意义。

没有爱，只有情，是无法组成爱情的。

江若岚擦干眼睛，回家走到自己母亲的房间，看着已经熟睡的她，江若岚心中一阵阵抽痛。

还没有睡的江父看到江若岚，轻声把她叫到隔壁书房，轻声问她："今天晚上你妈都告诉你了？"

江若岚点点头："妈是什么时候查出来的？"

"也就是几个月前吧，突然不停咯血，查出来才知道是得了咽喉癌，肿瘤长的位置也不太适合开刀，化疗的话又太痛苦，这几个月我也一直在和你妈商量。你妈这么急着让你出国除了想让你去找纪谖，还有一个很重要的原因是要住院观察，怕你担心所以没有告诉你。你妈其实用心良苦，爸希望你也别和她犟，她想要什么就听她的，医生说可能还有一年的时间。如果你妈决定做手术的话成功的概率只有一半，所以我和你妈一直没下定决心，但你妈在你面前装坚强不表现出来，其实她身子差了很多，动不动就咯血，还经常痛得透不过气，我都不忍心看。"江父说着说着就哭了起来。

在江若岚的印象里，她的父亲母亲似乎并没有当着她的面哭过，一直都是那种特别硬朗的脾气，所以现在的眼泪才会让她觉得特别心疼，此时自己的父母在自己面前显得那么渺小与无助。

江若岚并没有哭，或许是她觉得现在如果连她都表现出绝望的样子来，那就真的看不到希望了。

"爸，如果手术成功了，那能延长多久的寿命？"

"医生说三五年不是问题，但是成功率只有一半……"

是啊，人生就像是赌博，这种太沉重的筹码，任凭谁都无法孤注一掷。

江若岚那天晚上没有睡，她没有找任何人商榷，也不需要任何人安慰，她相信每个人的命运都一定有它特殊的安排。她不打算用抛硬币来决定，因为能用抛硬币解决的事情，说到底都是无关痛痒的小事，是那些即使做了错误的选择也不会后悔的事情。而这件事并不是，这件事关系到她最重要的人的一生，她不可以把命运交给未知，她只能同意把命运交给自己。

之后的几天江若岚没日没夜地研究，由于纪谖是学医的，所以陪着江若岚跑遍了许多专业的医院进行咨询，虽然了解下来的结果并没有那么乐观，但也听到了许多解决的方案。纪谖告诉江若岚，自己学的虽然不是这一方向的专业，但是也可以帮她问一下，看一下在那座城市有没有比较先进的医疗技术。

纪谖回去后咨询了许多医学界的好友，他们推荐了当地一家最优秀的肿瘤医院，虽然并不能保证成功率，但医生提出的方案与所用的技术都比国内要先进许多，考虑再三，江母还是决定出国做手术。

整件事情纪谖都原原本本告诉了陆诗诗，她虽然可以理解，但心里多少有些介意，正好过了期末考试，纪谖也给陆诗诗打了要一直陪江若岚母亲的预防针，陆诗诗为免于自己操心与乱想，决定回国过一个假期。

在纪谖这里，由于空气与饮食的问题，江母的病情慢慢有些好转，医生在观察了一段时间后觉得可以进行手术，而虽然成功率是六成，但多出这一成的概率，对于江若岚来说，意义远远超过了这个数字本身。

在手术前一个星期，江若岚每天都无法入睡，整天陪在江母身边，可能是因为有百分之四十会失去的概率，所以每一天对母亲说的话都有可能是最后一次对她说，每一次喂她吃的东西都有可能是最后一次喂。

手术的前一天晚上，等江母睡着，江若岚一个人在医院的走廊上看着窗外的月色，她回想起从很小的时候开始，妈妈为了陪她学芭蕾舞与钢琴，几乎是风雨无阻。虽然她的家庭条件算是宽裕，但是江母一直过得相对节俭,可能是想把最好的全部留下给江若岚,所以对自己才会那么不注重。在江若岚的印象里,母亲似乎不太会买新衣服,但给江若岚从头到脚都买最漂亮的衣服和鞋子,就连她那时候上的辅导班请的也都是最好的老师。其实母亲一直希望她可以往艺术家的方向发展,做个专业的芭蕾舞演员或是钢琴家,但固执的江若岚选择了做平面模特,她现在想起来,其实有些内疚。

有时候你做的决定并不是自我,而是一种自私。

当时的她没有顾及太多自己父母的感受,只是一味地觉得跟随自己的内心最重要,本以为这是她这辈子最冲动的一次决定,然而还有一件事,是她违背了父母意思做的,那就是……

"你妈睡了吗?"

从身后传来一个熟悉的声音,江若岚转过头,看到刚才心里正好想起的人突然出现,江若岚愣在了原地。

"怎么了?"纪谖走到她身边,给她递了杯热水。

接过水,江若岚长吐一口气:"我记得我高考那年听成绩的时候,本来觉得会是这辈子最紧张的一天,没想到那时候的紧张还不及现在的百分之一。"

"这也是难免的,毕竟这种事情有很多冒险的成分在内,"纪谖微眯着眼看向远处,"不过你要有信心,你要相信自己的运气,相信阿姨的运气,上帝不会这么不公的。"

"是啊，上帝已经从我身边把你夺走了，不能再夺走我妈了，"江若岚的手一直发抖，"纪谖，你知道吗，我还有很多很多话没有对我妈说。"

医院的走廊静谧得除了希望和绝望什么都没有。

江若岚双手抱着自己的手臂，或许是医院里的冷风打得太强劲，江若岚觉得有种刺骨的寒冷。

纪谖脱下了自己的外套披在江若岚肩上。

"纪谖，你说，如果，如果明天的手术不成功的话，我该怎么办？"江若岚试图保持冷静，但她发现真的要说出口的时候，根本无法保持平静，眼泪止不住地顺着脸颊落了下来。

"我不会像电视剧里的演员一样安慰你说不会的，因为作为一个习医的学者，要很理性地去分析这些问题，理性地去面对失败率，所以我能做的不是安慰你，而是陪伴你，无论是好的结果还是坏的结果，我能答应你的就是我不会走。"

"其实在你来之前，我就在回想我的人生，我这辈子有两件事是觉得对不起我妈的，一件事是我的事业，没有听从她的意愿，但现在要反悔已经来不及了，我也没有任何办法去补救，加上我现在过得也不算糟糕，所以相对来说并没有那么多的愧疚，而另一件事……"江若岚说着深情地看着纪谖，"就是没有好好把握住你，不知道现在后悔还来不来得及，现在补救还来不来得及？"

突如其来的告白，让纪谒无法应对。

"人总是失去了才知道珍惜，说得好啊，"见对方没反应，江若岚很识趣地别过头，转移了话题，"我很希望明天快点到来，我又很害怕明天的到来，人总是这么扭捏而纠结。"

"你回去休息一会儿吧，我看你这段日子都没怎么好好休息。"

"我睡不着。"江若岚无力地摇摇头。

"你这样自己的身体也会撑不住的，听话吧。"纪谒扶住她的肩，江若岚却突然一个脚软，倒在了他的怀里。

她对天发誓，这个动作并不是故意而为之的，可能真的因为这段时间营养不足导致身体虚弱，但是她突然觉得这样被纪谒抱住的感觉太好，所以并没有马上起来的打算。

江若岚抓住纪谒的胳膊，抬起头看着他，嘴巴微张像是要说什么的样子。

纪谒也不知道此时此刻是吃错了什么药，脑子里一片空白，看到江若岚的脸就吻了下去。

这个意味深长的吻，回荡在整个苦涩的医院。

并没有意识到这个吻持续了多久，直到医院走廊上有病人与他们擦身而过，他们才走出旁若无人的状态。

两个人分开后有些尴尬地看着对方，江若岚害羞着一直没有抬头，纪谒扶着她的肩把她送回了病房。

明天一早就要动手术，那晚纪谙并没有回去，在病房里让江若岚枕在自己的肩膀上睡了一晚。

第二天把江母推进手术室前，江若岚一直握着她的手，她能看到、能感受到江母的恐惧与不舍。

江若岚在江母的面前一直忍着没有流下眼泪，却在手术室关上后的一瞬间眼泪决堤，这一刻她有数不清的期待，也有数不清的焦虑。

似乎所有的感情都聚集在这短短几个小时里，感觉时间过得那么快又那么慢，感觉自己周围的一切都停止了运作，感觉自己的世界里空白一片。

她很害怕，特别害怕，整个人蜷缩在一起，不停大口大口地吸气吐气。纪谙给她买了些水果强迫她吃下，并在她最担心的时候对她说了句："有我在，不要害怕。"

像是经过了无数个春秋，等待审判的煎熬被无限扩张，急救病房的大门被推开，病人家属急切地上前询问结果，医生缓慢地把口罩摘下，然后摇了摇头。

之后世界就天旋地转起来，好像一切画面都被晕成了白色，一切动作都在以慢动作播放，一切声音都归于无声。

世界只剩下黑白灰三色，给人感觉毫无希望。

江若岚失去了理智，她拼命摇头，不愿意接受这个结局，不愿意相信命运。

当她颤抖着看到自己母亲已经渐渐冷却的尸体的时候,她沉痛地蹲坐到地上,放声大哭。

这样的画面每天都会发生,爱的人每天都在失去。

之后几天江若岚不吃不喝,连话都不说。

纪谖能够体会这件事对她的打击,他没有办法安慰,能做的只是默默地在一旁照顾她。

由于知道了江母去世的事情,陆诗诗知道纪谖现在不方便,也不要求每天都和他视频与发短信了,虽然内心里有担心和焦虑,但陆诗诗还是选择相信。

经过一个星期的缓冲,江若岚根据江母的意思直接办了外国习俗的葬礼,很简单。

"你知道吗,其实我妈以前一直和我说,我以后和你结婚了,她可以来这里和我们一起生活,所以她一直很喜欢这里,以后长眠于此,我相信她会很开心的,"江若岚看着墓碑上她母亲的名字失神地说着,"以后每年我都会来看她的,不过现在我要回去了,纪谖,这段时间谢谢你。"

纪谖没用语言回应她,只是握住她的手:"留下来吧。"

"不了,"江若岚扯开自己的手,淡淡地看着纪谖,"纪谖,我没有你想的那么脆弱,不用可怜我。"

说完这句话,江若岚就毫不犹豫地转身走开了。

回国之前在机场，江若岚发了条短信给纪谖。

"谢谢你那晚的那个吻。"

发完这条消息，江若岚拖着行李大步往前，路过一个垃圾桶，她将手机里的SIM卡拿出来扔了进去。

纪谖对着这条短信看了许久，但最后并没有回这条短信。

生命似乎又回归到了以前的样子，陆诗诗回国的时候已经是一个月之后了。

纪谖见到她的时候，内心并没有多大的起伏，倒是陆诗诗太久没见，抵不住思念就抱着纪谖亲了起来。

她一进屋就大谈这段时间里在国内发生的各种奇葩的事情，当问到纪谖最近怎样的时候，才发现他根本就心不在焉，没在听自己说话。可能是因为之前的事情对他打击比较大，心情还没有恢复，陆诗诗便很识相地没有再打扰他。

整理了几天家里后，陆诗诗迎来了第二学年，学业上的任务比第一年更加繁重，加上已经过了热恋期，和纪谖两个人并不如之前那么如胶似漆，也不太会出去约会，大部分时间都是两个人坐在一起各自学习，偶尔一起看部电影，一起吃饭而已。

陆诗诗本以为这是进入到一个稳定阶段的象征，但她并没有意识到，其实在这个阶段，爱情的成分正在与日递减。

大二结束的时候，纪谖的导师问他是不是愿意假期再去之前的那家医院实习，而这次之后基本就会留用下来，今后就可以成为那里的主治医师。

如此千载难逢的机会，导师本以为纪谖会一口气答应下来，然而他的回答却是意料之外的："让我考虑考虑。"

导师非常惊讶，他无法相信居然会有人对这样千载难逢的好机会摇摆。

纪谖回家以后，直接跟陆诗诗坦白了这个机会，虽然并没有表现出很期待的样子，但是陆诗诗也知道，那真的是影响他一辈子前途的决定。

虽说像纪谖这样的人，无论在哪里，都可以最大限度地发挥自己的价值，但是如果他这样的人做对了选择，能改变的不仅仅是他自己的命运，而是更多其他人的命运。

思索了好一番，陆诗诗刚想开口让他去，却被对方抢先一步回答。

"我想好了，我不去，我在这里陪你。"

其实并没有想过他会做出这样的决定，或者说，自己都想好了要让步的时候，突然听到对方的妥协，反而有种不可思议。

似乎在陆诗诗的内心深处，她一直觉得纪谖还是那个纪谖，虽然当初他挽留自己的时候曾答应过不会让这样的事情再次发生，但陆诗诗从心底觉得纪谖还是个有明确目标的人，即使他放不下自己，也会想办法说服自己，但这次没有，这次纪谖直接选择了让步。

这反倒让陆诗诗有些无措。

他告诉陆诗诗并不是希望她觉得愧疚,而是纪谡这次是真的下定决心罢了。

"我觉得跟你在一起的这些时间,已经足够让我认定你了,去年江若岚妈妈的事情才让我意识到,其实什么都是转瞬即逝、抓不住的东西,失去了就是失去了。我不希望我以后会后悔,我也不希望你以后想起我觉得可惜,我觉得真情难得,工作或者事业相比之下,并没有那么无法替代,"纪谡说着亲了一下陆诗诗的额头,"只有你是无可替代的。"

陆诗诗觉得心里很暖,她不想失去纪谡,她也不想有任何会失去纪谡的可能存在,她不想放纪谡走,所以这次就算自私也好,就算是不懂事也好,她只想让纪谡陪在自己身边。

这个暑假陆诗诗本没有回国的打算,但纪谡提议一起回去顺便带陆诗诗见见自己的父母,她便答应了下来。

一起回国前,纪谡带陆诗诗一起去看了江若岚母亲的墓,虽然觉得这位逝者并不是与自己很亲近的人,但陆诗诗却莫名感到一种伤感。

其实之前陆诗诗对江若岚多少有些芥蒂,但只要想到发生在她身上的这么悲惨的事,有时候就同情大过于嫉妒,对她也不再有敌意。

照着纪谡的话说,见过父母就相当于订了婚。

两人虽然在国内并不是一座城市,但是相隔并不远,由于陆诗诗年纪还小,所以并没有这么快把纪谡介绍给父母的打算,倒是纪谡主动带她回去见父母的举动让陆诗诗有些意料之外。

纪谖的父母和陆诗诗想象中的不太一样，并不是那种精英般尖酸刻薄的人，反而是特别普通与温柔的人。除了江若岚，陆诗诗也是第一个纪谖正儿八经带回家的女孩子，两老见到陆诗诗也是打从心底喜欢。

纪谖的母亲甚至还把家里祖传的玉镯子送给了陆诗诗，一切都处于一种木已成舟水到渠成的状态。

纪谖在研究生最后一年的时候由于学习特别优秀，并没有太多的课要修，所以提前进了当地最好的医院，虽然导师依然对他当时没有去K城那家全国最好的医院感到有些惋惜，但还是为他争取到了其他很好的机会。而陆诗诗本科的学业也还有最后一年，虽然之后并不打算读研究生，但如果是和纪谖一起生活在这座城市，陆诗诗也是愿意的。

原本对未来有着无穷无尽的美好期许，直到某天晚上，陆诗诗特别想吃桃子家里却没有，纪谖便下楼去买。

由于出门急，纪谖带着钱包和车钥匙就出门了，手机落在了家里。

平时陆诗诗并不会去翻看他的手机，而那晚手机在茶几前，突然响了一下，陆诗诗也就顺眼看了过去，屏幕上显示的是一条未读信息，并没有显示详细内容。

陆诗诗有些犹豫着要不要点开，过了会儿电话响了起来，看到是赵博的来电，陆诗诗二话不说就接了起来。

"喂，纪谖啊。"

"我是诗诗。"

"哦，诗诗啊，"赵博改了一下口气，"我这里手机换新号码，需要之前朋友的验证，刚才发了个验证码到纪谖的手机上，你帮忙看一下告诉我呗。"

"好，你稍等啊。"

陆诗诗离开通话界面，点开短信，看到了一串号码，就告诉了赵博。

对方挂上电话后，手机停在了短信的界面。

纪谖是个平时并不太会发短信的人，如果有那种垃圾短信也会删除得非常勤快，所以短信界面里的消息屈指可数。

验证码下面是信用卡信息，再下面一条是来自陆诗诗的，而再接下来的一条，发件人显示为江若岚，内容是——

"谢谢你那晚的那个吻。"

陆诗诗看到这条消息的时候，一瞬间有些无法思考。

她看了看短信的发送时间，正是一年前她回国而江若岚来这里的时候。

并没有时间差。

没有办法去解释这条短信。

即使找了一百种可能，也没有一种可以说通。

陆诗诗就这样盯着屏幕傻看了半天，甚至都没有意识到纪谖已经回来了。

"这里附近居然没有卖桃子的，我跑去很远的地方了。"

纪谖刚说完这句话,看到陆诗诗僵持在那里不动的样子,突然有种不祥的预感。

看到她手里拿着自己的手机,纪谖迅速地过滤了一遍,会让人误会的只有那么一条短信,很明显,陆诗诗看到了。

纪谖缓缓地放下手中的袋子,小心翼翼地走到陆诗诗身边低声询问道:"怎么了?"

声音里多少带着心知肚明的心虚。

陆诗诗的手慢慢失去力气,手机从她的手中滑落。

"我们分手吧,纪谖。"

Episode ⑫

有匪
君子

有很多想去解释的原因，但发生了就是发生了，在那个瞬间纪谖就知道自己做错了，他知道这件事会是他心里永远放不下的一个阴影。

原本存有几分瞒天过海的侥幸，却始终跨不过心里的那道坎。

"诗诗，我和她……"

"我不想听了，"陆诗诗捂住自己的耳朵，"我不想知道了，我怕知道了真相后会觉得自己才是那个第三者。"

"不是……"

"纪谖，我可以接受的是你嫌弃我，你固执，你不愿意为我改变甚至说你不在乎我，但我不可以接受你心里有别人，其实一直以来你心里就有江若岚，你根本放不下她。去年她母亲去世，我回来之后我们之间的感情就变了，我不知道是哪里变了，我还一直以为可能是你心情不好，或者可能你对她多少有些愧疚，但我一直最不愿意承认的就是，你还放不下她……"陆诗诗冷笑一声，"我以为你是个很纯粹的人，原来你也没什么两样的，你也是那种两边都无法取舍的人，一边是责任，一边是爱，然而我已经分不清我对你来说是责任还是爱了，但无论是哪一种，我都无法接受。"

"诗诗，你……"

"别说了，别用和我在一起时吻过她的嘴和我说话了，我不想听。"

陆诗诗从他身边要走的时候，纪谖抓住了她的手，却被陆诗诗狠狠甩开。

"纪谖，我因为爱你才想告诉你，我们真的不需要再浪费彼此的时间了，无论经过多少时间，结局都是一样的，只要她来挽留你，你就会选择她，只是她并不会挽留罢了，我不需要别人施舍的爱情。"陆诗诗为了不让眼泪流下，拼命咬着自己的下嘴唇。

纪谖没有再一次追出去，他知道已经于事无补了。

陆诗诗回到家中，并没有想象中的那么难过，她只是觉得心脏被掏空一般，不痛不痒。

或许是冥冥之中就有过这样的预感，所以还不算太吃惊。

之后的日子，除了上课，陆诗诗都躲在家里不出门，与纪谖偶尔会打个照面，每每这时候纪谖都会站在原地视线不移地盯着她。

纪谖的脸上并不全是歉意，也有一种可惜。

陆诗诗并不是不想看到他，只是每次面对他的时候，都不知该以何种身份及角色面对。

这样的状态持续了大半年，本以为就这样井水不犯河水地过着日子，直到某一天学校举办了一场全校学生都能参加的舞会，很久没有参加过这种活动的陆诗诗在好朋友的怂恿下，还是半推半就地去了。

舞会并没有什么主题，其实在冥冥之中陆诗诗就感觉纪谖今天会去，因此到了活动室陆诗诗的眼神就一直不停地在搜索着。

在国外，留学生的圈子很小，看到几个黑头发黄皮肤的，十个里面有五六个都是见过面的熟人。陆诗诗看到一个留学生小团体，惊讶地发现赵博的金发女友正和别的男人搂在一起，本来想装作没看见的样子，哪知对方倒是很热情地跟她挥了挥手打了个招呼。

"嘿，你也来啦，好久不见了。"

陆诗诗看着她身边的男生，有些不太好意思地回应道："是啊，好久不见。"

妹子也很坦诚地和她男朋友解释道："哦，这是我前男友的好朋友的女朋友。"

"不，"陆诗诗打断道，"我们分手了。"

妹子愣了一秒，说道："那是我前男友的好朋友的前女友。"

扯得有些远，陆诗诗也只是一笑带过，稍稍寒暄了几句，陆诗诗就走了。

想想情侣分手也不是什么大事，何况外国人对感情这事本来就不会那么认真对待，所以分手后能这么云淡风轻也是自然的。想起纪谖，陆诗诗突然觉得可能是自己太过痴情与专一，所以即使是现在，提起他的时候心中还是会有些微的刺痛与不舍。

正想着今天在这里可能会碰见他，想提前溜走，不巧在不远处偏偏看见了他和赵博还有另一个女生一起迎面走来的场面。

陆诗诗想逃跑，左顾右盼了半天也没找到一个能躲的地方，索性选择大大方方面对。

站在他们俩身边的女孩子看上去有点像马来西亚人，皮肤偏黑，五官很突出，身材也很火辣，好像和他们两个关系很亲密的样子。

这个人陆诗诗之前从来没有见过，估计也是他们这段时间新认识的。

见到陆诗诗后，赵博的脸上明显露出了一阵尴尬，相比之下纪谖倒是显得非常自然。

打了个招呼后，纪谖跟陆诗诗介绍道："这是Linda，是比我们小一届的学妹，这是陆诗诗，是我的……邻居，是本科生的学妹。"

陆诗诗对纪谖用邻居这个词形容自己有些小庆幸又有些小失望。

庆幸的是没有让气氛显得尴尬，失望的是这个词听上去让两人的关系显得那么陌生。

"你好，Linda。"陆诗诗伸出手。

"你好啊，学妹。"Linda笑得特别甜，看上去是个非常活泼开朗的女生。

"女朋友吗？"陆诗诗看着纪谖，有些挑衅般地说道。

"当然不是啦，"Linda抢在纪谖前面把话说出来，"学长可是我们所有人的男神，怎么可能是我男朋友啊，何况大家都知道学长在国内有个关系很好的未婚妻，我们都只把他当大神看，并没有非分之想啦。"

陆诗诗觉得自己很可笑，像是给自己甩了狠狠一巴掌般，心中火烧般痛。

对于纪谖而言，江若岚的存在比自己明显太多，耀眼太多，和她比起来，自己就像是从来没有在纪谖的生命中出现过一般，又或者，即使出现了，也不过是个匆匆过客，用一两句话就可以轻笔带过。

"是啊，未婚妻，"陆诗诗重复着说了一遍，"大家都知道的事。"

Linda也是神经大条，似乎完全没发现任何异常，赵博看气氛不对，马上拍了拍Linda的肩："你看那里，是Edward他们，似乎在叫你，要不去打个招呼？"

成功把Linda支开以后，三个人面面相觑。

赵博也想找个机会离开，但他刚想走，却被陆诗诗叫住问道："赵博，你和你女朋友分手了？"

赵博瞪着眼看她："你怎么知道？"

"那你现在是单身了？"

被两个突如其来的问题问得有些蒙，赵博傻站在原地，而陆诗诗并没有善罢甘休，一个接一个的问题的劲爆性以层层递进的方式扑面而来。

"那我们交往吧？"

赵博张大嘴巴，还怀疑着自己是不是出现了幻听，他瞥了一眼旁边的纪谖，发现对方也正在用一种震惊的表情看着陆诗诗，这才意识到自己并没有听错。

"怎么，男未婚女未嫁的，有什么不可？"陆诗诗说着一手摸着赵博的脸颊，然后对着他的嘴唇亲了下去。

整个世界就像静止了一般，声音都消失，颜色都褪去，触觉都麻木。

赵博整个人站在那边不敢动，陆诗诗也没有要放开的意思，一旁的纪谖实在看不下去，抓住陆诗诗的手腕就往外走。

一路上陆诗诗都大吼着让纪谖放开她，但对方过于用力，任凭陆诗诗如何甩都甩不开。

到了学校的小花园中央靠近湖边的地方，纪谖才放开了陆诗诗的手腕。

被抓得生疼，陆诗诗揉了揉自己的手腕，没好气地对纪谖说："你凭什么碰我！"

纪谖似乎是强忍住自己心中的怒火，深呼吸了两下，随后瞪眼看着她："陆诗诗，你知道自己在做什么吗？"

"知道啊，"陆诗诗语气轻佻地说道，"我想谈恋爱啊，找个男朋友啊，不是很正常不过的事情吗？"

"你根本就是在报复。"纪谖捏紧拳头，如果现在在他面前有任何实物他一定就一拳头砸下去。

陆诗诗也不知为何处于很生气的状态，转过头不搭理纪谖。

"你不需要做这种事，让我难过也让自己难过，我知道是自己负了你，但是我真的从来没想过要伤害你，我不知道怎么样能让你好受一些。"

陆诗诗抬起头，徐徐说："我现在只希望，可以忘记你。"

纪谖静静看着她，半晌，他点点头："好。"

陆诗诗还在纳闷着他这个"好"是什么意思，只见纪谖凑上来，在她的额头轻轻印上一个吻，然后用让人浑身酥麻的声音说了句——

"但我不想忘记你。"

后来的事情陆诗诗都记得不是特别清楚了，她回忆起来，那似乎是纪谖对她说的最后一句话。

那天后来好像是下起了绵绵细雨，陆诗诗一个人在路上走了很久很久，回家的时候纪谖家的灯已经暗了，她内心深处有那么一点点犹豫，想敲下纪谖的门，想告诉他自己还爱着他，想与他重新开始。

那一晚太多太多的想法充斥着陆诗诗的脑海。

只是一切都只停留在念想层面，并没有付诸实践。

后来她听说纪谖搬走了，隔壁也搬来一对新的留学生情侣。

陆诗诗再也没有联系过纪谖，她怕打电话或是发消息过去再也得不到纪谖的回复。

学业完成之后，陆诗诗本有机会留在这座城市，但她还是选择回去，对于她来说，离开这个地方，可能才是唯一的解药。

回国那天，陆诗诗并没有找任何人送她，对于她来说已经习惯坚强与孤独，快入关的时候，她的脚步突然停了下来。她总感觉有人在看着她、等着她，甚至有一种纪谖就在她身后不远处注视着她的直觉。

但她始终没有回头，她怕看到了纪谖，自己会舍不得走，也怕看不到纪谖，会失落与难过。

索性把这个谜底留下，给自己一种幻想。

陆诗诗入关以后，纪谖还在她身后不远处的那个位置站着不动。他回到车里，看着无数飞机起起落落，心里想着，人生似乎就是这样，总有太多外界因素的干扰，而和那些东西相比，真爱似乎显得无足轻重。

从那天起，两人在时差相差十小时，距离相差一万公里的地方独自生活。

回国后，陆诗诗很顺利地找了当地的一家会计师事务所的工作，每天都忙死忙活不得闲，工作了三年也一直没有找新的男朋友。陆诗诗的爸爸妈妈开始担心起来，不停给她安排相亲对象，拒绝几次之后实在拗不过爸妈的坚持，只得见了几个。

可能因为之前已经遇过了最好的纪谖，所以在陆诗诗看来，那些人连纪谖的十分之一都不如，每次相亲都以敷衍了事的状态面对，每次和相亲对象一见面，陆诗诗的第一件事就是拿出一张纸，在纸上写上"谖"这个字，然后问对方怎么读，而至今为止，都没有一个人念得出这个字来。直到遇到一个人，比陆诗诗大一岁，他看到这个字，很顺当地就读了出来。

"读xuan啊。"

对方说出这个字的时候，陆诗诗睁大眼看着他："认识这个字的人很少啊，那你知道这个字是什么意思吗？"

"忘记的意思啊。"

陆诗诗甚至有些难以置信。

"哦，我以前在X国留过学，那个时候我们华人圈有个男生特别有名，好像是叫……叫什么纪谖，"男生解释着，"后来我才特地去查了这个字的。"

再一次听到纪谖的名字，让陆诗诗感觉恍若隔世。

好像这个名字很久很久没有出现过了，又好像天天都在出现一般，深深地刻在脑海中，挥之不去。

"好巧啊，我也是那个学校的，"陆诗诗说着不由得苦笑一声，"那个纪谖，是我的邻居。"

"是吗，那时候我听大家都把他说得跟神一样，真的有那么厉害吗？"

陆诗诗捂住有些发痛的胸口，淡淡地说道："嗯，很厉害，特别厉害。"

对面的男生明显露出了崇拜的表情，两人就这样以纪谖为话题中心聊了很久，陆诗诗也从那里得知了很多关于纪谖的事情，比如纪谖最怕的东西是蛇，纪谖曾经有一次喝醉在学校的舞会中大跳热舞，比如他曾经上过当地非常知名的烹饪节目，比如那时候导师强力推荐他去另外一座城市那个国家最好的医院他为了一个人不愿意去的事情轰动了全校……陆诗诗觉得自己好像在纪谖的故事里，又好像从来没有出现过。

纪谖似乎和陆诗诗是两段不断向前延伸的射线，有那么一个短暂的时间交叉，而之后只会渐行渐远，并且从此再也无法相遇。

回家的路上，陆诗诗第一次觉得这是一场感觉还不错的相亲，虽还谈不上好感，但至少感觉两人的相处不像和之前那几个那么生硬，又或许是因为和他可以肆无忌惮地聊藏在心里很久的关于纪谖的事情的时候，让陆诗诗有一种发泄般的爽快感。

到了家门口，陆诗诗突然看到徐凯正等在楼下，见到她，徐凯尴尬地笑了笑。

陆诗诗走上去，也没有觉得尴尬和惊喜，只是很平淡地说了句："好久不见。"

再一次相见，已经毫无爱情可言，似乎过了这么久，两个曾经深爱过的人再一次相见，也不会觉得有任何奇怪和不妥。

徐凯笑了笑，拿出一封喜帖："我下个月结婚，赏个脸来呗。"

陆诗诗接过喜帖，心里不痛不痒。

"啊，要结婚了啊，"陆诗诗笑了，真心地，"祝福你啊。"

"我本来犹豫着要不要叫你，想想大家都是同学，还是告诉你比较好。"

陆诗诗点头："必须要叫我啊，我一定会去的。"

"一个人吗？"徐凯试探性地问道。

陆诗诗顿了一秒，回道："不，带男朋友。"

徐凯若有所思地点了点头。

似乎在已经没有感情的前任面前，就特别不想显示出一副自己过得不好的样子，哪怕硬着头皮，也要告诉对方自己过得很好。

陆诗诗想起来那天在徐凯学校附近，他对自己说，如果回国的时候，陆诗诗还单身，那他就等到她回来后继续在一起。

现在想想，这样的承诺纯属儿戏罢了。

陆诗诗并没有想以这样的承诺去指控任何事情，可能因为对已经没有感情的人，倒是希望对方可以把自己放下吧。

　　那些海誓山盟，也不过是一句哄人的情话。

　　除了不停改变之外，没有什么是亘古不变的。

　　既然可以坦然面对徐凯的婚礼，陆诗诗相信她今后也一定会坦然面对纪谖的婚礼，虽然现在还不行。

　　嗯，现在还不行。

　　如果纪谖结婚了，陆诗诗希望自己永远都不要知道。

　　带着上次相亲的那个男生一起去了徐凯的婚礼，新娘听说是同单位的同事，而陆诗诗在途中上厕所的时候，看到了那个当初自己飞回国给徐凯送惊喜时陪他吃饭的女生。女生的神情看上去很低落，她用纸巾擦了擦眼角，然后深吐一口气，强装微笑着走了出去。

　　陆诗诗看着那个女生的背影，觉得有些心疼。

　　陆诗诗相信徐凯是她念念不忘的存在，参加挚爱的婚礼，可能本就是人生中最痛苦的事之一。因为从那天以后，任何的想念与爱恋，都会与道德伦理挂钩，似乎连喜欢都无法再做到光明正大，把爱恋深深藏在心里，本就是已经痛苦至极的事情。

　　婚礼结束之后，那个男生把陆诗诗送回了家，两人也确定了情侣关系。

　　陆诗诗觉得这段感情虽然并没有多少热情，但至少让她感觉自由与安心。

半年过后，陆诗诗突然接到之前租房子的那家户主的电话，对方告知她这间房子准备卖掉，收拾的时候发现陆诗诗有一些东西落在了那里，问陆诗诗要不要回去拿。

　　虽然是无足轻重的小东西，但正逢长假，陆诗诗也由于工作压力太大想借机休息一段时间，于是办了签证，买好机票，并没有多想就飞了过去。

　　已经过了几年了，陆诗诗住的那幢房子还是没有什么变化，陆诗诗问管理人员要回了自己的东西，上楼在自己曾经住了四年的房子门前驻留很久。

　　在这里有那么深刻的记忆，足够陆诗诗怀念一辈子。

　　她把视线转向纪谖房间的门口，似乎还和当初一样并没有什么改变。

　　陆诗诗很怕纪谖就在里面，隔着一扇门，看着书或是做着料理，她怕纪谖知道自己在这里，也怕纪谖不知道自己来过这里，所有脑中的纷扰，被一个开门的动作给打破。

　　从屋内走出一个外国女子，正用很惊讶的表情看着陆诗诗。

　　觉得自己的行为唐突，陆诗诗马上解释道自己曾经住在这里的隔壁，来这里怀念一下，对方马上表示理解，不打算打扰她，让她一个人在这里安心地回忆。

　　知道这里纪谖不会再出现，倒是没了期待，也没了担忧，陆诗诗就靠在窗台边，看着外面出神。

　　细细想来，那些年，那些时光，好像已渐渐被淡忘了。

虽然心中的某些感情并没有被冲淡，但是那些刻骨铭心的感觉，幸福也好，痛苦也罢，也不会再一次感同身受了。

陆诗诗站在那里，听完了好几首带有故事情节的歌曲，准备离开的时候，突然被大楼的管理员叫住，她一眼就认出了陆诗诗。

"嘿，好久不见啊。"

陆诗诗看到她也觉得很亲切，随便聊了两句后，陆诗诗装作随意般问道："对了，那时候住我隔壁那个男生，还住在那里吗？刚刚看到似乎已经换人住了。"

管理员回忆了一下，蹙着眉回答道："哪个？似乎有些记不起来了。"

陆诗诗想找照片给她看，突然发现自己的手机里似乎从来没有正儿八经地存过纪谖的照片，唯一有的一张，是很早之前他喝醉陆诗诗偷拍的。

看到这张照片的陆诗诗嘴角轻轻一扬，而正是这个笑容，让管理员想起了什么来。

"哦，我记起来了，是那个又高又帅的亚洲人吧，有时候会一起和你进出的。"

"对对对，"陆诗诗马上问道，"他还住这儿吗？"

"早就搬走啦，"管理员露出一脸惋惜，"我果然是老了，连他都差点忘记了。"

陆诗诗的神情显得有些沮丧。

突然，管理员又记起什么来一般，拍了拍自己的脑袋："对了，看我这破脑袋，那时候你们是男女朋友吧。"

陆诗诗不知道该不该承认，正沉默着，管理员突然找出一张照片递给陆诗诗。

"看。"管理员把照片递给陆诗诗。

接过照片的陆诗诗愣在了那里。

照片里的人是她，正睡在纪谖房间里的床上，床头暖黄色的台灯，把陆诗诗的脸照得看上去异常甜美。

"这张照片是他留下的，"管理员解释道，"好像是他搬走之后，后面的住户在房间里找到的，似乎是他故意留下贴在墙上的，然后他们把照片给了我，让我有机会的话还给他。"

陆诗诗看着这张照片，说不出话来。

"那时候我还当是你的房间呢，现在这么想来，应该是他的房间吧？"管理员抓了抓脑袋，"我不知道他还会不会回来，要不给你吧，老放在我这里我怕忘记。"

陆诗诗手里紧紧捏着这张照片，她从来不曾知道纪谖以前拍过这样的照片，她也不知道纪谖会把自己的照片贴在墙上，至少在陆诗诗去纪谖家的时候从来没发现过，那应该是分手以后纪谖才贴上的。

也许纪谖比她想象的，要更爱自己一些，也许纪谖不会这么轻易忘了自己，就像至今为止自己对纪谖的念念不忘一样。

陆诗诗接过照片，在背后写上了《诗经》里的一句话——

有匪君子，终不可谖兮。

然后把这张照片还给了管理员："如果他回来，就把这张照片给他吧。"

管理员看了看汉字，好奇地问道："这句话是什么意思呀？"

陆诗诗想了想，回道："No one else will stay in my mind like you do.（没有人会像你一样在我的脑海里）"

管理员的脸上露出柔软来："哦，真感人。"

"这张照片就留在这里吧，如果他回来，麻烦你还给他。"

管理员点点头，把照片收好。

陆诗诗走出了房子，来到了门口她刚来这个国家第一次见到纪谖的地方，她似乎能看到那个几年前涉世未深的自己，似乎还能回忆起第一次见到纪谖时他说话的样子。

陆诗诗手上戴着的纪谖父母送的玉镯散发着通透的光，似乎反射到很远的过去，又可以照亮更远的未来。

她缓缓回过头，看着那个承载了这么多她的爱的地方，她觉得那几年，似乎就像一场梦。

上天会让两个人相遇，便不会让双方觉得可惜。

没有什么如果对错，只是你终究会碰到那么一个人，在你爱上他的那一刻你就知道，今后这辈子，他就永远住在你的心里。

读品雅集

总策划
科文图书
◆
监制
薛婷
◆
策划编辑
暖暖
◆
责任编辑
许庆元
◆
文字编辑
史倩
◆
装帧设计
北京弘果文化传媒
◆
购书网址
www.dangdang.com